边角料书系

书中人世

骆玉明人文随笔

骆玉明 著

团结出版社

UNITY PRESS

·北京·

图书在版编目（CIP）数据

书中人世：骆玉明人文随笔 / 骆玉明著 . -- 北京：
团结出版社，2025. 5.
ISBN 978-7-5234-1665-5

Ⅰ . I267.1

中国国家版本馆 CIP 数据核字第 202572JA00 号

特约策划：舒晋瑜
责任编辑：张振胜　时晓莉
封面设计：阳洪燕

出　　版：团结出版社
（北京市东城区东皇城根南街 84 号　邮编：100006）
电　　话：（010）65228880　65244790（出版社）
（010）65238766　85113874　65133603（发行部）
（010）65133603（邮购）
网　　址：http://www.tjpress.com
电子邮箱：zb65244790@vip.163.com
经　　销：全国新华书店
印　　装：三河市东方印刷有限公司

开　　本：130mm × 210mm　32 开
印　　张：9.125　　字　　数：168 千字
版　　次：2025 年 5 月　第 1 版　　印　　次：2025 年 5 月　第 1 次印刷

书　　号：978-7-5234-1665-5
定　　价：68.00 元

致读者

一

历史长河的璀璨星河中，最动人的光芒往往源自不经意的闪烁。

《论语》，并非孔子倾力所作，是其弟子及再传弟子记录孔子言行而编成的语录文集。较之六经的体系化与成熟度，《论语》的文字只能算是只言片语，是孔子于行住坐卧之时、进退得失之间，悟道、传道、授业、解惑的即兴抒发。

若论学术成就，《论语》也许只能算是修订六经之余的“边角料”，却因其形象生动、浅近易懂，而成为传承千载、朝野齐诵的经典语句。

后人因六经而敬孔子，因《论语》而爱孔子。

世人争相吟诵的唐诗宋词，亦是如此。大多数诗词，不过是唐宋时代，诗人、词人描写生活琐事、抒发个人情怀之作。从歌咏山水到吟叹边塞、忧国忧民，从迁谪退隐、感伤身世到从羁旅游览、登临怀古，从亲朋聚散、酬赠应答，到欢会相思、宫女怨情，无所不有。与陈事通彻、条理明析的官书文件相比，这些诗词只能算是茶余饭后的文人雅趣。

然而这些时代的“边角料”，却成为真正令后人铭记和向往的文字，成为文化基因中最鲜活的血脉。它们以碎片之姿承载丰满的人格，以即兴之言叩击永恒的美德。

所谓“文章本天成，妙手偶得之”。精心编修的煌煌大作吹响的是时代的号角；而那些兴之所至的诗词，更像是时代的回音，余音绕梁，令后人念兹在兹。

一部代表作，往往是作者才华的集中赫然绽放，是造化钟神秀的产物；而散落在不同时空的书信、访谈、演讲、序跋，则是智慧的自然流淌，是作者于生活中不经意抛洒的火花，是人间冷暖的承载。

往往时代定义作者的是他的代表作，而使他变得可爱的，却是那些精美的闲置的文字和思想的边角料。

二

有鉴于此，团结出版社秉持“拾遗补阙，见微知著”的文化使命，精心策划并倾力打造了这套“边角料书系”，将名家名作之外的书信、日记、札记、杂文、序、跋、访谈录、演讲录等有价值的“边角料”作品，精心编制，汇编成册。

这些文字，或许没有“月涌大江流”的激荡，却生出“海上生明月”的曼妙；或许不及“九天揽星河”的壮阔，却安住“星垂平野阔”的静谧。

希望这些文字，带领我们穿越三重境界：

初见时，惊叹为时光沧海中的吉光片羽；

细品时，得窥大家巨匠褪去光环的凡人侧影；

了悟时，深觉文化传承不在庙堂高阁，而在人间烟火的字里行间。

当《论语》从传世典籍还原为一场场精妙的师生对话，当杜诗从诗圣丰碑回归“家书抵万金”的生命渴求，我们才得以触摸文化的温度，见证天才如何在生活的皱褶里播种永恒，如何在生活的缝隙里照见光亮。

“边角料书系”并非传统的补遗汇编，而是一场重构文化价值认知的出版实践，旨在让那些散落的思想的灵光碎片丰富名家名作的精神版图。

“边角料书系”是一个开放的体系，未来我们将一直致力于将类似作品纳入其中，并以那些鲜活灵动的文字多维化呈现名家名作的人格意象。

在大数据推送标准化知识的时代，我们坚持打捞那些“不完美却真诚”的文字遗珠。希望在这些遗落在历史角落里的思想和文字中，我们得以窥见生命，窥见天地，窥见历史。

此致，向“边角料书系”的读者们致以崇高的敬意！

写在前面

这是一个序跋文的集子。以前曾经以《走进文学的深处》为名印行过一次。这次增加了若干新的内容，做了些调整。书跟原来的不太一样了，应该重新写个前言之类，但是又觉得在原有的之外没有多少话可以说。于是想出个折衷的法子，原来的前言不保留了，改一改借来在这里用。我是个懒散的人，对自己的评价也不高，所以对出书的事情素来不很热心。此书之问世，前一次是由于老朋友梁由之的督促，这一次是因为多年前的学生梁光玉主事团结出版社，要了这部稿子。这算是“结下梁子”了。

如果简单分类来说，这里面首先有一类是应出版社之约，为学术界前辈的名著所写的介绍与评议。鲁迅、胡适、吴梅、钱穆、施蛰存、刘大杰、陈子展、冯至、李泽厚，还有我敬爱的老师朱东润先生，这些名字光彩烨烨。他们的著作在学术史上留下了深重的印迹，同时也留下争议和问题。我用很认真但并非惶恐仰望的态度来说这些书，来龙去脉，力求清楚，是非得失，力求中肯，希望对年轻的朋友有所帮助。

在这些前辈中，我跟朱东润先生读过书，受到过陈子展先生的指导，跟施蛰存、刘大杰先生有一面或数面之缘。李泽厚先生因为对我在《近二十年文化热点人物述评》中写到他的文字很有感触，主动打电话跟我联系。当时我说了有机会就去看望他，也是因为懒散，成了空话。想起跟这些先生的交往，哪怕点点滴滴，都是很珍贵。尤其记得我的第一本小书——跟贺圣遂合作的《徐文长评传》出版，我恭恭敬敬写上“朱师训正”四字，拿给朱东润先生，先生欢喜得满脸的笑，说：“你以后写了书都要拿过来给我的噢！”一晃差不多四十年了。

第二类是为朋友的书所作的序。这里面有好几位本来是我的学生，将博士学位论文作为专著来出版。但毕业了，我都视为朋友——古人所谓“分庭抗礼”。这些序文回头读起来有很多感情上的牵连。学生的论文，导师参与程度视情形不同而有深浅，但总是相伴而行，共同经历一个忧喜交杂的过程。汪涌豪、陈广宏有一本关于游侠的书我也写过序，没有找到，当然也未曾费力去找。两位现在都名头不小，算是“功成名就”？不过我记得最清楚的是他们读本科时的样子，真是少年才俊，风流倜傥。

而尤其让我慨然长叹的，是重读为胡益民两本书写的序。益民原是安徽大学中文系的教授，始终是农家子弟的气息，极淳朴，极用功，在学界卓有声誉。我跟益民来往不多，但自觉交情匪浅，所以他让我写序我坦然应之。但数年前益民去世，我竟一无所知。益民自嘲“吃饭太多，读书太少”，在一篇序中我谓益民：天地渺茫，一身漂泊，得饭吃得读书之乐可也，毋计多少。如今只能说给自己听了。

再有一类是为自己的书所写的序。我曾在别的地方说过，就本性而言，我只喜欢读书而不喜欢写书。但总还是不停在写，因为人总是身不由己。这里有人情的缘故，亦有稻粱谋。我于读书本是随兴，无甚规矩，讲课时或漫衍无边，往而不返，所以写东西自然也是驳杂。不止一次，有做出版的朋友说要收罗我写的所有的书，印成文集系列，使我大为吃惊。不过，有人喜欢我写的文字，这个我是知道的。把这些序印在一起，也算是向这样的朋友做一个自我介绍吧。

上海的曹可凡找我做访谈节目，我说我是“字面意义上的读书人”，就是读书没有目的。小时家贫，衣食为难，无所娱乐，但幸好上海这地方不难找到书。那时只有旧书店允许在店堂里读书，大概从小学四年级到“文革”爆发的三四年间，我读遍了上海所有的旧书店。借到书，为了逃脱家务、避免被大人指责，常常是躲在自己家与邻居之间窄小得只容孩童身躯的夹缝里读。在这样的夹缝里，我读雨果，读巴尔扎克，想象巴黎的塞纳河、圣母院、拉丁区，心思飘摇到很远。就是到后来，我还是喜欢在深夜里一个人读书，特别是阮籍的《咏怀诗》、鲁迅的《野草》一类。我自己觉得非常能理解庄子《逍遥游》所拟想的场景：种一棵不中绳墨、一无所用的大树，在无何有之乡，广漠之野，彷徨乎其下。

目　录

辑一　名家名著导读

辑二　为友人作序

辑三 为自己作序

辑一　名家名著导读

胡适《白话文学史》导读

胡适的《白话文学史》写成于1927年，次年由新月书店出版。原计划写成上、中、下三卷，但仅完成了上卷。胡适的朋友曾多次敦促他将全书写完，他直至1958年4月由美国回台湾定居时在机场答记者问，还表达了同样的愿望。但到1962年2月胡适去世，这书终究和他的另一部名著《中国哲学史大纲》一样，仅以上卷传世。其实，胡适晚年一再表示要将这两部未完之作写全，恐怕只是一种心愿、一种学术责任感的表示，而并无真实的计划。一方面，他太有名，要忙的事情太多；另一方面，这两部书均是中国现代学术史上的筚路蓝缕之作，地位崇高而缺陷难免，在相关的学术研究已有很大发展变化的数十年之后，再来做接续的工作，实在不易讨好。从前听鲍正鹄先生说，“胡适是个很漂亮的人”，“漂亮”一语大有神韵。他恐怕是不肯把事情做得难看的。

但胡适本以“但开风气不为师”自诩，若仅从“开风气”而论，则半部著作也足以标示一种新的范例。在中国哲学史研究方面，胡适自信“是开山的人”，这话并不过分；而在中国文学史方面，虽说在胡适之前已有多种专著，其中谢无量的《中国大文学史》（1918）还享誉颇盛，但要论感觉之敏锐、面目之新颖，都不能和这部《白话文学史》相比。20世纪50年代批判胡适的学术思想时，有人提到如郑振铎的《中国俗文学史》（1938），陆侃如、冯沅君的《中国诗史》（1931），刘大杰的《中国文学发展史》（1941）等多种文学史著作均受到胡适此书的“恶劣影响”。“恶劣”与否现在看来恐怕难说，《白话文学史》的影响深远却是事实。

要说到《白话文学史》的特点，首先要注意到它不是单纯的学术研究著作。它不仅和“五四”新文化运动紧密相关，其背后还牵连着清末以来一系列的社会变革要求。

提倡运用白话写作，既非始于“五四”时期，更非始于胡适，这一点许多研究者已经指出了。清末“戊戌变法”时期，就已出现不少白话报刊。一些维新派人士，甚至把是否使用白话视为国之强弱所系。如裘廷梁载于《无锡白话报》的《论白话为维新之本》一文，就提出：“呜呼！使古之君天下者，崇白话而废文言，则吾黄人聪明才力无他途以夺之，必且务为有用之学，何至暗没如斯矣……以区区数小岛之民，皆有雄视全球之志，则日本用白话之效。”与之相应，自清末以来还逐渐形成一种“国语统一”运动，其主要目标也是在平民中起到普及文化的作用。大抵自“戊戌维新”以来，一般人士倡导白话文，主要着眼于普及教育、开发民智、推广“有用之学”，同时也触及了文言的某些根本弊病。但这种“白话文运动”未能取得显著的成效。这既是因为社会条件的不成熟，也是因为倡导者主要是从便于普及、便于使用的价值上看待白话文；反言之，这其实仍是承认了文言在“高雅”层次上的优势。

而当胡适等人出来倡导白话文时，历史条件又有了更大的变化。这首先是清室的覆亡和民国的建立——“民国”者，本是中国历史上没有过的东西，是“西化”的产物。与此同时，社会对新文化、新思想的需求也愈加强烈，古老而陈腐的文言与社会变革的要求相脱节、相冲突的矛盾日益突出。这差不多是到了有人登高一呼，便会应者云起的时候。胡适适逢其时。

从胡适《逼上梁山》一文的自述来看，他留学美国期间对中国语文的思考，也是始于普及教育的问题，以为“汉文问题之中心在于‘汉文究可为传授教育之利器否’一问题”。但这一思考很快转向“文学革命”的要求。1915 年 7 月胡适作《送梅觐庄往哈佛大学》诗，首次提出“新潮之来不可止，文学革命其时矣！”1916 年 4 月胡适作《沁园春·誓词》，更慷慨地表达了欲为天下先的心愿：“文章革命何疑！且准备搴旗作健儿。”这种改变的契机，是胡适因留学美国而了解西洋文学史获得的深刻启发，他发现欧洲各国近代文学的根本性变化，均是发轫于语言工具的改变，是用新鲜活泼的俚语取代了貌似“高雅”而其实僵死的拉丁文。这种变化，不仅产生了优秀的文学作品，而且改造了各个民族的语言文字，如“但丁（Dante）之创意大利文，乔叟（Chaucer）之创英吉利文，马丁·路德（Martin Luther）之创德意志文”，并进而改造了各民族的文化。由此反观中国，胡适得出了白话文学才是中国的“活文学”，而古文、诗词只是一种“半死文学”的认识，萌发了推动“文学革命”的决心。在中国面临无数繁难的问题之际，把文学和文学的语言工具看得如此重要，就是因为它与社会的变化牵连深广——这是胡适特别聪明的地方。不久，胡适在 1917 年 1 月出版的《新青年》二卷五号上，发表了标志新文学运动发端的《文学改良刍议》。不说“革命”说“改良”，据说是为了“谦虚”一点（见《逼上梁山》）。但陈独秀显然对“改良”感到不满，他的响应之作遂径题为《文学革命论》（载《新青年》二卷六号），在国内正式揭起“文学革命”的旗帜。

胡适倡导白话文学与从前的“白话文运动”实有极大不同。他不是把白话文视为便利“下愚”的工具，而是从“历史必然”“世界通则”这两个基点来看它的价值；这种具有历史与理论深度的认识，也使他对自己的主张充满热情与自信。而从“文学革命”的角度来提倡白话文，对文言的打击又是格外有力的：因为文学是语言的高级形态，如果能够证明白话文学远胜于文言文学，那么文言将从根本上被动摇，它在社会生活中再无存身的理由。

从以上简单的历史追溯，我们可以看到，所谓“新文学运动”其实不是单纯的文学范围内的事件，它包含了许多历史内容。维新派借助推广白话文以开发民智、普及教育、救亡图存的期望，在新文学运动中其实是得到承袭的。胡适于《文学改良刍议》之后发表的另一篇重要论文《建设的文学革命论》（载 1918 年 4 月出版之《新青年》四卷四号），提出“国语的文学，文学的国语”的口号，主张通过新文学创作来改造中国的语言，也给已经半死不活的“国语统一”运动注入了强大的活力。而从最根本的意义上来说，“文学革命”打击了作为旧思想、旧文化之基本载体的文言，无疑昭示着中国文化新时代的到来。陈旧的语言系统维系着陈旧的思想感情、思维方式，它使人容易陷落在古老的意念世界而远离生活的变化；将之弃置一旁，新思想、新文化才有可能彻底摆脱传统的禁锢，在新鲜的语言中寻求发展的天地。这是“文学革命”激起强烈社会反响的根本原因。生于后世的人们想要挑剔胡适等人理论中的某些偏颇乃至错谬并不难，但它在历史上发生过的巨大作用并不因此而有所消减。

以上所说，是《白话文学史》产生的基本背景，这一背景决定了《白话文学史》的一些重要特点。

关于中国文学史，胡适早在留学美国的 1916 年，已经产生了“白话的文学为中国千年来仅有之文学”这样尖锐的意见（1916 年 7 月 6 日日记，见《逼上梁山》）。之后在《建设的文学革命论》一文中，他又把这种尖锐的意见公开提出：“这二千年的文人所作的文学都是死的，都是用已经死了的语言文字作的。死文字决不能产生活文学……简单说来，自从《三百篇》到于今，中国的文学凡是有一些儿价值有一些儿生命的，都是白话的，或是近于白话的。其余的都是没有生气的古董，都是博物院中的陈列品！”这大体上已经构成胡适关于中国文学史的核心观念。随着新文学运动的逐渐展开，胡适不仅要维护白话文学在现实中的正当权利，而且力图证明“白话文学之为中国文学之正宗”(《文学改良刍议》)，为“文学革命”找出历史的根据，于是产生了将上述核心观念具体展开的学术论著。先是在 1921 年，胡适在教育部主办的第三届国语讲习所主讲“国语文学史”课程，为此“在八星期之内编了十五篇讲义”(《白话文学史 · 自序》); 1922 年在第四届国语讲习所重讲时，胡适对这一讲义又做了些删改。经过删改的讲义油印本，由黎锦熙于 1927 年做了校订后，交北京文化学社出版。但这部《国语文学史》的出版并未得到胡适本人的同意。胡适在知道此事后，感觉“这种见解不成熟、材料不完备、匆匆赶成的草稿出来问世，实在叫我十分难为情”，于是对全书进行了彻底的修改，并改名为《白话文学史》，另行出版。《白话文学史》相比于《国语文学史》，内容要详细得多，吸收了 1921—1927 年间新发现或新整理的许多重要史料，观点方面也有若干变动。但《白话文学史》仅有上卷，只写到中唐诗歌;《国语文学史》虽也不完整，却已经写到《两宋的白话文学》，其中还包括一章《南宋以后国语文学的概论》，大体能够看出胡适对所谓“国语文学史”的基本构想，所以仍有其参考价值。

前面说到《白话文学史》并不是单纯的学术研究著作，主要是从它与“文学革命”的关系，特别是作者有意通过研究历史来证明“文学革命”主张的合理性而言的。黎锦熙为《白话文学史》之前身《国语文学史》所作的代序，称“这是‘文学革命’之历史的根据，或者也含有一点儿‘托古改制’的意味”，这是说得不错的。胡适本人在《白话文学史·引子》中，劈头自问：“我为什么要讲白话文学史呢？”然后提出了全书的两项要旨：“第一，我要大家知道白话文学不是这三四年来几个人凭空捏造出来的；我要大家知道白话文学是有历史的，是有很长又很光荣的历史的……我们懂得了这段历史，便可以知道我们现在参加的运动已经有了无数的前辈、无数的先锋了；便可以知道我们现在的责任是要继续那无数开路先锋没有做完的事业，要替他们修残补阙，要替他们发挥光大。第二，我要大家知道白话文学在中国文学史上占一个什么地位。老实说吧，我要大家知道白话文学史就是中国文学史的中心部分……这一千多年中国文学史是古文文学的末路史，是白话文学的发达史。”这些话的现实感非常之强。至于书中对古代作家作品的评述，所持标准也与《文学改良刍议》中针对“今日”而言的“八事”——须言之有物、不模仿古人、须讲求文法、不作无病之呻吟、务去滥调套语、不用典、不讲对仗、不避俗字俗语——相差不多。胡适论文学，真是做到古今一贯了。

这种现实感过于强烈的历史研究，难免会产生一些武断和偏颇，我们在后面还会谈到。但同时也应该注意到，《白话文学史》毕竟不仅仅是为“文学革命”服务的东西，还是一种学术研究著作。胡适在“五四”时期倡导新文化运动的同时，就已提出“整理国故”的问题，主张“用科学的方法”对历史文化遗产做整理的工作（《论新思潮的意义》，载1919年12月《新青年》七卷一号）；他的目标，“是打倒一切成见，为中国学术谋解放”（《胡适的日记》，1922年8月26日）。所以，《白话文学史》同时也是“整理国故”的一项实践。虽然向来对胡适的学问有不够精深的批评，但是他知识广博、感觉敏锐、思路清晰，善于找到问题的关键所在，因而成为那个学术创新时代的开风气的人物，能够引导许多人从新的基点上出发。《白话文学史》在学术史上便具有这样的价值。顺带说一句，当胡适花了大量的时间来从事一项精细的研究时（如他晚年关于《水经注》版本的研究），他的影响反而小了，人们甚至为此感到可惜。

《白话文学史》的基本观点是，在中国文学史上存在“白话文学”与“古文文学”的对立，而前者是有生气的、富于创造力的，后者则相反；同时，白话文学本身有一种历史的进化，它在不断的积累与发展中逐渐成熟，最终由“自然的演化”转入胡适他们倡导的“文学革命”，而完全取代“古文文学”。作者还强调，他的《白话文学史》，“其实是中国文学史”，因为“白话文学”才是中国文学中真正有价值的东西，是中国文学的“中心部分”。我们知道，胡适的上述基本观点，在整体上并未被后来的各种文学史著作所接受，但这并不意味着他的观点缺乏价值或不被重视。事实是，像胡适这样来看待中国文学的发展是从来没有过的，他的不少看法，不仅影响了许多研究者，甚至在今天还有作深入探讨的必要。

前面已经说及，胡适的“文学革命”思想是受了欧洲文学史的启发。他讲“古文文学”与“白话文学”的对立，大体是将前者比拟为拉丁文文学，将后者比拟为近代欧洲各国萌生于方言俚语的“国语文学”。不过，“白话文”在习惯上本来只是指语体文而言的，而胡适要把《白话文学史》当作“中国文学史”来写，如果在语体特征上要求过严，将会对古代大量的作品产生严厉的排斥。于是他采用了折中的方法，将“白话文学”的范围扩大，将“不加粉饰”“明白晓畅”的作品都阑入“白话文学”的范围。这和胡适最初提倡“文学革命”时的观点，乃至《国语文学史》的观点，都已有所改变。

欧洲文学与中国文学的情况差别很大，讨论后者而完全套用前者之例当然行不通。胡适要谈论“白话文学”与“古文文学”的对立，首先遇到的问题是中国古代言文的分歧始于何时，也就是《白话文学史》第一章的标目：“古文是何时死的？”书中用了一个简单的材料来做证明，即汉武帝时丞相公孙弘的奏书：

……臣谨案诏书律令下者，明天人之际，通古今之谊，文章尔雅，训辞深厚，恩施甚美。小吏浅闻，弗能究宣，无以明布谕下。(《史记》《汉书》“儒林传”参用)

然后得出结论说：“这可见当时不但小百姓看不懂那‘文章尔雅’的诏书律令，就是那班小官也不懂得。这可见古文在那个时代已成了一种死文字了。”这例子胡适在其他文章里重复使用过，他似乎对自己的发现颇为自得。然而这里的论证未免有武断和取巧之嫌。原文不过是说小吏不能明白朝廷诏书律令的深意，重点并不在文字的难懂，更无法导出胡适所做的那种范围广大得多的结论。读胡适的文章，有时要当心他那过度的聪明。

尽管有这样的毛病，我们还是不能不钦佩胡适注意到了中国文学中具有根本意义而在他之前却又被一般人忽视了的问题：“言”与“文”的分分合合，以及这种分与合的不得不然。进一步说，文言的语境与白话的语境全然不同，在文言的语境中无法表现、不能容纳的东西，一定要找到另外的出路。所以，尽管文言文长期占据统治地位，白话文仍然能够维持自己越来越壮大的生长。这里面有着无穷的研究课题。

在《国语文学史》中，就存在一种情况：诗歌的实例多，散文(这里指文体而言，不指文学类型)的实例少。到了《白话文学史》中，因为有意扩大了范围，散文的例子稍多了些，但比重仍然远不及诗歌。而且，散文方面的例子，有很多恐怕只能算“白话文”而不是“白话文学”，如一部分佛经翻译之类。由于胡适大量搜寻与白话文学有关的资料，揭示出中国文学中一个重要的现象：诗歌（包括词、曲）与散文不同，它与口语的关系较后者要密切得多。胡适对此做了解释，他提出“白话诗”有四个来源：民歌，文人的打油诗、诙谐诗，歌妓的演唱，宗教与哲理诗。就现象而论，他这样说也是有道理的。不过，我们从胡适所揭示的现象，也许可以想到更深的问题，就是：在中国古代散文中，存在白话与文言的对立，两者连语法都是不同的，但在诗歌中并未形成如此截然分明的对立；诗歌语言在最典雅与最浅俗的两极之间，有极大的变化余地（杜甫诗就是典型范例）。胡适大概由于过分强调“白话文学”与“古文文学”、“平民文学”与“贵族文学”的对立，对此注意不够，但他给后人留下了值得深入研究的问题。

前面也说过，胡适对古代文学作品的评价，所持标准与其《文学改良刍议》所言“八事”相差不多，在根本精神上更是完全一致的。而为了支持自己的观点，书中又大量选录了以前不被注意的作品。这使他描绘出来的中国文学史的面貌，与前人所认识的真是大相径庭。我们知道，在中国古代，由于文人与政治的关系密切，一本正经说大道理的东西就多；又由于文学逐渐成为贵族、士大夫标示自己特殊身份的文化素养，炫耀学问、辞藻的东西也多。这些东西到了胡适那里，竟一笔抹杀。他提出“一切新文学的来源都在民间”，这在当时真是振聋发聩之说，对此鲁迅也曾表示了相同的意见。胡适推崇的作品，是带有平民气息的、贴近平凡和日常生活的、表达真实的痛苦与快乐的、诙谐风趣的（胡适对这一点似乎有特殊爱好），总之，要有“生气”、有“人的意味”才好。至于政治是非、道德善恶，书中极少说起。说到对具体作品的认识，人们也有许多不赞同胡适之处，但他的基本评价态度，确是把现代的眼光带到了古代文学研究中来。20 世纪 30 年代以后，这一领域中的许多发展变化，都可以追溯到胡适。

由于《白话文学史》的整个框架、内容、评判标准在当时都是全新的，对中国文学发展变化的某些重要环节，必然也要提出新的见解。譬如书中说到中国故事诗的兴起、佛经翻译对中国文学的影响等，都是文学史上的大问题。胡适所说的未必正确，但这些都引起了后来研究者的注意。在一些很具体的细节上，胡适也常常表现出他的聪明与敏感。譬如长诗《孔雀东南飞》的开头两句，“孔雀东南飞，五里一徘徊”，与全诗有何关系，甚不可解。胡适引古乐府《飞来双白鹄》、曹丕《临高台》诗，说明汉魏歌辞中向来有以双鸟偕飞、中途分离譬喻家庭悲剧的做法，上述两句实是《飞来双白鹄》开头“飞来双白鹄，乃从西北来。十十五五，罗列行行。妻卒被病，行不能相随。五里一反顾，六里一徘徊”

这一节的变化与缩减，将那两句诗的来由与意思解说得清清楚楚，同时也为《孔雀东南飞》的产生时代当距建安不远提供了较为有力的根据。总之，即使在现在来读这部《白话文学史》，我们还是能感受到各种有意义的启发。

要说“白话文学”发展的高潮，实要到元代以后，而这部《白话文学史》却是到中唐就结束了。胡适在这书的《自序》中特地声明：“这部文学史的中下卷大概是可以在一二年内继续编成的。”结果他食言了。当然，众所周知，胡适后来在白话文学特别是小说研究上，做了大量的工作，他对《红楼梦》《水浒传》《西游记》诸书的考证，对《海上花列传》《官场现形记》诸书的评述，都是影响深远的。白话小说从不登大雅之堂的“闲书”而成为中国文学史的重头戏，胡适的贡献不小。但《白话文学史》未能写完，终究还是遗憾的。

我们差不多可以说，《白话文学史》是第一部具有现代学术眼光的中国文学史专著。但另一方面的事实是，这部书的基本观点，在整体上并未被后人接受。这里的主要问题是，胡适企图把《白话文学史》当作“中国文学史”来写，这样不可避免地产生了过度的排斥。虽然，比较《国语文学史》，这书将“白话文学”的范围扩大了，但人们会感觉到“白话文学”这个概念被弄得模糊了，还是无法接受“这样宽大的范围之下，还有不及格而被排斥的，那真是僵死的文学了”这样的断语。把辞赋、骈文、律诗，把杜甫、李商隐等许多大诗人的典丽之作排斥在中国文学史的有价值部分之外，这是人们难以认可的。如果胡适把问题限制在单纯的“白话文学”范围，只是研究白话因素在中国古代文学中的存在情况及白话文学创作发展、成长的过程，大概比较容易得到人们的赞同。像郑振铎的《中国俗文学史》，其实主要是讨论白话文学，并且还是受胡适影响的产物，但由于范围明确，就避免了不必要的纠葛。

问题还不止这一点。在整个中国文学史上，“白话文学”与“古文文学”，“平民文学”与“贵族文学”，典雅与浅俗，实在也不是那么截然对立、一分为二的。简单举例来说，笔者从前写过一篇题为《谢灵运之评价与梁代诗风演变》的文章（《复旦学报》1983 年 6 期），谈到中国文人诗歌的语言，从建安时代曹植、王粲在继承汉乐府浅俗风格的同时又糅以文人辞赋的因素而使之雅化，至颜延之、谢灵运诸人演化为高度的典雅深密，又到齐梁时文人因受南朝乐府歌辞的影响再度向浅俗摆动，并在理论上明确提出“雅俗相兼”的目标，最后走向唐诗那种既非文言亦非白话的明朗爽利的风格，整个过程中每一个环节都是有意义的。总之，在所谓“古文文学”占统治地位的时代，排斥它的存在来谈所谓“白话文学”的发展，大概未免要将复杂的问题简单化。

《白话文学史》在理论上也有些欠缺感，大致胡适所持的理论观点主要是历史进化论。但白话文学的历史进化，其核心价值的增长表现在什么地方呢？作者似乎并未加以必要的注意。也许这部书往后面再写下去，这个问题会变得更加突出，作者将不得不考虑它，但至少在上卷，这是一个被轻忽了的问题。

因为我们是后人，虽说远非高明，也容易挑剔前人的疵病。但即使如此，“挑剔”本身也不是目的，只是有些问题要加以说明而已。我们必须注意到，《白话文学史》是跟“文学革命”、新文化运动紧密相关的著作，在胡适写这部书的时候，反对新文化运动的声浪仍然存在，胡适坚持他的文学主张，甚至如黎锦熙所说来一点“托古改制”的必要。我们也应该注意到，一部学术史上的名著，重要的并非它是否有缺陷，而是它在当时条件下所提供的学术创造性。就这一点而言，胡适“为中国学术谋解放”的意愿在《白话文学史》中是得到了相当程度的实现的。

另外，在“五四”前后的新文学运动中，主要的理论家除了胡适，当数周作人。他们的意见各有偏重，每有相互补充之处。大抵胡适对语言工具的变革看得最重，而周作人多强调文学所传达的人文精神。与胡适的《文学改良刍议》相对应，周作人有《人的文学》（载《新青年》五卷六号，1918 年 12 月出版）；与胡适的《白话文学史》相对应，周作人有《中国新文学的源流》（1932 年 3 月在辅仁大学的讲演，同年 9 月北京出版）。这些如对照起来读，对当时的历史情形感受会更丰富些。

（胡适《白话文学史》，上海古籍出版社，1999 年）

鲁迅《汉文学史纲要》前言

鲁迅有几项没有完成的写作计划,《中国文学史》是其中之一。留下一部教学讲义，题为《汉文学史纲要》。他的讲演记录《魏晋风度及文章与药及酒之关系》，对魏晋文学的演变进行了十分精彩的描述，实际上也具有文学史的性质。另外，鲁迅在一些短篇文章里，从不同角度谈到他对中国古代文学各种问题的看法。本书就是将上述内容汇集在一起编成的。

关于《汉文学史纲要》的书名，需要做些解释。1926 年下半年，鲁迅在厦门大学开设中国文学史课程，为此编写了一份讲义，定名为《中国文学史略》(与他的《中国小说史略》似有匹配之意)。此讲义留有完整的手稿和油印本，共十篇，从《自文字至文章》到《司马相如与司马迁》。1927 年 3 月 1 日至 4 月中旬，鲁迅在中山大学再次开设此课(因故中断),改题为《古代汉文学史纲要》。1938 年编《鲁迅全集》时，编者将此讲义改名为《汉文学史纲要》，1981 年版《鲁迅全集》沿袭了这一名称。

这里有一个问题：所谓“古代汉文学史”，此处“古代”是指狭义上的古代，即汉以前的时代呢，还是指广义上的古代？所谓“汉”是指汉朝呢，还是指汉族或汉语？郑振铎显然将这一名称理解为“古代汉族（或汉语）的文学史”，他于1958年发表《中国文学史的分期问题》一文，提出鲁迅先生的《汉文学史纲要》“虽然只写了古代到西汉的一部分，却是杰出的。首先，他是文学史上关怀到国内少数民族文学的发展的第一个人。他没有像所有以前写中国文学史的人那样，把汉语文学的发展史称为‘中国文学史’。在‘汉文学史’这个名称上，就知道这是一个‘划时代’的著作”。在做这样的理解时，把“古代”二字省略掉当然也是可以的。而郑氏正是1938年版《鲁迅全集》的编辑人之一，所以《汉文学史纲要》的定名很可能出于他的建议。然而鲁迅讲义的内容却正如郑振铎上文所说，“只写了古代到西汉的一部分”，所以很可能“古代汉文学史”只是指古代和汉代的文学史，而并无郑氏后来阐释的那种深意。倘如此，则“古代”二字就不能省略了。近年有的学者提出将本书的名称回改为《古代汉文学史纲要》，又有人主张仍用鲁迅最初所定的名称《中国文学史略》，我觉得后一种方法可能更清楚些。况且，1938年版《鲁迅全集》又正是根据鲁迅以此定名的手稿排印的，在版本学的意义上也更合乎规矩。至于我们这里仍以《汉文学史纲要》为名，则是遵从目前的惯例，以免引起普通读者理解上的混乱。

作为文学史来看，鲁迅此书是部未完稿，他自己是不满意的。1926 年 12 月 19 日致沈兼士信中，鲁迅说到“文学史稿编制太草率”“挂漏滋多”，打算“稍积岁月”，加以“修正”。鲁迅的话当然不只是自谦而已，但在中国人开始撰写文学史不久的 20 世纪 20 年代，这部仅编写到西汉武帝时代的简略讲义，仍表现出鲜明的个人特色，其中许多看法对后来的文学史编写者也造成了深刻的影响。

从清末到“五四”前后，是一个怀疑精神盛行、传统学术受冲击很严重的时期。康有为的“春秋公羊学”说起来是走今文经学的路子，“发古文经之伪，明今文之正”，实际上为了达到变法维新的政治目的，不惜随意抹杀经典文本的历史价值。他好发“非常异义可怪之论”，对促进疑古思潮起了很大作用。“五四”前后，在西方文化与学术思想的刺激下，对中国古代典籍记载的不信任态度更有进一步上升的态势，顾颉刚把禹当作一条虫，可以算是一个特具形象感的例证，而类似的情况别有若干。在文学史领域，胡适的《国语文学史》(1922 年有石印、油印本，后由黎锦熙改订增补，于 1927 年排印出版，是《白话文学史》的前身)，对整个中国文学做一种“二分法”的基本判断——模仿的古文传统史与创造的白话文学史，认为前者是“死文学”的历史，后者才是“活文学”的历史，从而一笔勾销了大量传诵久远的作品的存在权利。胡适的出发点是为了抬高白话文的价值，建立其文学“正宗”的地位，为此他同样不惜动摇传统学术的基础。

在中国社会正发生剧烈变化的那一时代，上述情况的出现当然各有其充分的理由，其历史意义也不能简单地一概而论。但无论如何，过于偏激的，或主要为实际政治及社会目标服务的学术主张，对严格意义上的学术研究来说必然有它的弊害。这样再来看鲁迅会觉得很有意思。毫无疑问，鲁迅是“五四”新文化运动的重要旗手，倡导白话文也堪称不遗余力。但在从事单纯的学术研究工作时，我们发现他具有一种相当稳健的态度；在尊重历史文献和学术传统、讲求考实的前提下融通新思想、新方法，是他努力的目标。对以前的文学史，鲁迅评价较高而又多次加以推荐的有谢无量的《中国大文学史》和刘师培的《中国中古文学史》，这二书都是以材料丰富见长，观点却比较平实。或许在鲁迅看来，平实即便不值得满足，却也是一部学术著作首要的品质。鲁迅自己出版得较早的《中国小说史略》（1923—1925）固然带有很大的创新性，但体例和评述其实是谨严的，而与之相匹配的《中国文学史略》即《汉文学史纲要》，也反映着同样的学术取向。

《汉文学史纲要》第一章《自文字至文章》论文学的起源，由“原始之民”以姿态声音传情说到言辞歌咏的产生，继而由巫觋的歌舞赞颂说到文字的发明与运用，继而从初始之文说到“文章”的概念，一直到晋宋“文”“笔”之分辨，极简赅地描述了中国文学生成的历史。在这里作者运用了源于西方的艺术起源理论和文化人类学理论，却几乎不显痕迹，因为用以描述和论证的材料，完全出于中国古籍。这种中国文献与西方理论的结合，在当时是值得钦佩的尝试。还有第八章《藩国的文术》涉及《玉台新咏》题为枚乘作的九首五言诗（其中八首被选入《文选》的“古诗十九首”），作者在略有保留的情况下将其视为枚乘所作，这一处理在当时的氛围中可算是很特别的。不过现在想起来，鲁迅这样做道理也很简单：《玉台新咏》是载录这些诗的早出文献，它和《文选》的处理虽不同，但也没有彼此不相容的冲突。在没有可靠根据能够推翻这种记载时，作为早出文献的《玉台新咏》是值得信从的。关于“古诗”作者问题的争议延续了很多年，梁启超等人一度根据诗中思想情感来推断其为东汉中后期作品的看法占据了上风，现在对此表示反对的人又逐渐多了起来，因为这种说法在文献学上是没有根据的。这也就是向鲁迅所遵循的原则回归。

《汉文学史纲要》可以注意到的地方很多，特别是鲁迅对中国古代文学的趣味，譬如他好楚辞、好庄子、好司马迁，都可以从这里看出来。他评司马迁与《史记》：“恨为弄臣，寄心楮墨，感身世之戮辱，传畸人于千秋，虽背《春秋》之义，固不失为史家之绝唱，无韵之《离骚》矣。”其精当和精彩使人难忘。上面所说传统学术精神与新思想新方法的融合，只是论其一端，不过这一端也是很重要的吧。

要论名气，题目很长又有点儿怪怪味道的讲演录《魏晋风度及文章与药及酒之关系》，知道和读过的人恐怕更多些。这次讲演作于1927年7月23日国民党政府广州市教育局主办的广州夏期学术演讲会上，文章题下注“九月间”三字，实有误。

鲁迅爱好魏晋思想文化及人物，是广为人知的。他的学生孙伏园在回忆文中写到，“五四”时刘半农曾赠鲁迅一联云：“托尼学说，魏晋文章。”谓其爱好尼采、托尔斯泰之学说，而文章则颇得魏晋风神熏染，“当时的朋友都认为这副联语很恰当，鲁迅先生自己也不反对”（《鲁迅先生逝世五周年杂感二则》）。而于魏晋人物中，鲁迅又对嵇康情有独钟，他曾费心劳神校勘《嵇康集》达十余遍，并撰有《〈嵇康集〉逸文考》《〈嵇康集〉著录考》《〈嵇康集〉序·跋》《〈嵇康集〉考》等专文，这在鲁迅的研究中是独一无二的。研究者和他所研究的对象之间，或有互为渗透、彼此印证的情形，那么鲁迅从嵇康身上，也看到了自己的某种特异的精神隐象了吧？譬如嵇康在《与山巨源绝交书》中说自己“促中小心”即心胸狭窄，而借以表达一种峻厉而不能容忍污秽的个性，想必鲁迅是有会于心的。

对魏晋的历史文献鲁迅早是了然于胸的，对魏晋人物他也每有情感上的互通，而在作这场讲演时，正当国共分裂、历史发生剧变的关头，谈及魏晋文人的生存处境，很多现实的感受便会涌上心头，正如作者后来在致友人信中说：“在广州之谈魏晋事，盖实有慨而言。”所以这一场讲演作得非常特别。

在梳理这段历史、描绘魏晋文化变化的过程时，鲁迅显得十分从容和随意，他似乎是漫不经心地拈出一些例子，略加解析，彼此绾连，就勾勒出清晰的历史图景。他用清峻、通脱、华丽、壮大四个词归纳魏晋文章的特质，不仅令人感到准确，而且也能从中体会到鲁迅本人的文学趣味。

而当说到魏晋文人在变乱时代中的处境和心理时，鲁迅的分析往往会一层层地透入人物的内心深处，说出他们真正的痛苦。这时读者感受到的智慧，是被浓郁的莫名的哀伤浸染了的。我们且拿下面一节做例子：

……例如嵇、阮的罪名，一向说他们毁坏礼教。但据我个人的意见，这判断是错的。魏晋时代，崇奉礼教的看来似乎很不错，而实在是毁坏礼教，不信礼教的。表面上毁坏礼教者，实则倒是承认礼教，太相信礼教。因为魏晋时所谓崇奉礼教，是用以自利，那崇奉也不过偶然崇奉，如曹操杀孔融，司马懿杀嵇康，都是因为他们和不孝有关，但实在曹操、司马懿何尝是著名的孝子，不过将这个名义，加罪于反对自己的人罢了。于是老实人以为如此利用，亵渎了礼教，不平之极，无计可施，激而变成不谈礼教，不信礼教，甚至于反对礼教。

这样谈论历史的时候，在鲁迅眼前浮起的显然是历史与现实相互重叠的影子。

《魏晋风度及文章与药及酒之关系》即使在鲁迅的集子里也可以算是难得的佳作。它通过社会生活的多个层面来描绘一个转折性时代的文学演变，具有很强的学术性，却又说得那么轻松；它的语言始终很幽默，但这幽默其实包含着很不相同的情调。它是那样有魅力，以至让王瑶先生在 20 世纪 40 年代西南联大时期随朱自清先生读研究生时，特地撰写了三篇论文，也是三本书——《中古文学思想》《中古文人生活》《中古文学风貌》——来展示自己由此中衍化出来的新成果，这三本书如今也已成为名作。

（鲁迅《汉文学史纲要》，上海古籍出版社，2005 年）

钱穆《中国文学史》课堂笔录

在老一辈学术名家中，钱穆先生以学问渊博、著述宏富著称。不过，他对古代文学这一块说得不多。《钱宾四先生全集》凡五十四册，谈中国古今文学的文章都收在第四十五册《中国文学论丛》中，占全集的比例甚小。这些文章论题相当分散，一般篇幅也不大，只有《中国文学史概观》一篇，略为完整而系统。因此，如今由叶龙先生将钱穆先生 1955 年至 1956 年间在香港新亚书院讲“中国文学史”的课堂笔录整理成书，公之于众，实是一件可以庆幸的事情。钱先生是大学者，我们由此可以看到他的学术的一个以前我们知之不多的方面；而对于研究中国文学史的人来说，更能够得到许多有益的启迪。

从前老先生上课大多自由无羁。我曾听说蒋天枢先生讲第一段文学史（唐以前），学期终了，《楚辞》还没有讲完。钱穆先生的文学史分成三十一篇，从文学起源讲到明清章回小说，结构是相当完整的了。不过讲课还是跟著述不一样，各篇之间，简单的可以是寥寥数语，详尽的可以是细细考论，对均衡是不甚讲究的。而作为学生的课堂笔记，误听啊漏记啊也总是难免。要是拿专著的标准来度量，会觉得有很多不习惯的地方。

但笔录也自有笔录的好处。老师在课堂上讲话，兴到之处，常常会冒出些“奇谈妙论”，见性情而有趣味。若是作文章，就算写出来也会被删掉。譬如钱先生说孔子之伟大，“正如一间百货公司，货真而价实”。这话简单好懂容易记，却又是特别中肯。盖孔子最要讲的是一个“诚”，连说话太利索他都觉得可疑。“百货公司，货真价实”不好用作学术评价，但学生若是有悟性，从中可以体会出许多东西。而现在我们作为文本来读，会心处，仍可听到声音的亲切。

要说文学史作为一门现代学科，我们知道它起于西洋；而最早的中国文学史，也不是中国人写的。但绝不能够说，中国人的文学史意识是由外人灌输的。事实上，中国人崇文重史，很早就注意到文学现象在历史过程中的变化。至少在南朝，如《诗品》讨论五言诗的源流，《文心雕龙》讨论文学与时代的关系，都有很强烈的文学史意识；至若沈约写《宋书·谢灵运传论》，萧子显写《南齐书·文学传论》，也同样关注了这方面的问题并提出了出色的见解。中国文学有自己的道路，中国古贤对文学的价值有自己的看法。而在我看来，钱先生讲中国文学史，一个显著的特点就是，既认识到它作为一门现代学科的特质，同时又深刻地关注中国传统上的文学价值观和文学史意识。在众多的重大问题上，钱先生都避免用西方传统的尺度来衡量和阐释中国文学现象，而尽可能从文化机制的不同来比较中西文学的差异，使人们对中国文学的特点有更清楚的认识。也许，我们对某些具体问题的看法与钱先生有所不同，但他提示了一个重要的原则，是有普遍意义的——这还不仅仅对文学而言。

钱先生是一个朴实而清晰的人，他做学问往往能够简单直接地抓住要害，不需要做多少细琐的考论。譬如关于中国古代神话，中日一些学者发表过各种各样的见解，有的说因为中国古人生活环境艰苦，不善于幻想，所以神话不发达；有的说因为中国神话融入了历史传说，所以神话色彩被冲淡了；等等。但这样说其实都忽略了原生态的神话和文学化的神话不是同样的东西。前些年我写《简明中国文学史》，提出要注意两者的区别，认为中国古代神话没有发展为文学，而这是受更大文化条件制约的结果。我自己觉得在这里颇有心得。但这次看钱先生的文学史，发现他早已说得很清楚了：

至于神话、故事则是任何地方都有的产物。中国古代已有，但早前未有形成文学而已。在西方则由神话、故事而有文学。中国之所以当时没有形成文学，是由于文化背景之有所不同所致，吾人不能用批评，只宜从历史、文化中去找答案，才能说明中西为何有异。

我们都知道钱先生是一位尊重儒家思想传统的学者。儒家对文学价值的看法，是重视它的社会功用，要求文学有益于政治和世道人心，而钱先生是认同这一原则的。所以，在文学成就的评价上，他认为杜甫高于李白，陶渊明高于谢灵运，诸如此类。站在儒者的文学立场上，这样看很自然，也没有多少特别之处。但与此同时，令我们特别感兴趣的是，钱先生对文学情趣的重视和敏感。他说：

好的文学作品必须具备纯真与自然。真是指讲真理、讲真情。鸟鸣兽啼是自然的，雄鸟鸣声向雌鸟求爱固然是出于求爱，但晨鸟在一无用心时鸣唱几声，那是最自然不过的流露；花之芳香完全是自然地开放，如空谷幽兰，它不为什么，也没有为任何特定的对象而开放；又如行云流水，也是云不为什么而行，水不为什么而流，只是行乎其所不得不行，流乎其所不得不流，这是最纯真最自然的行与流。写作也是如此，要一任自然。文学作品至此才是最高的境界。

这些议论使人感到，钱穆先生对文学的理解，有其非常重视美感的一面。他特别推崇曹操的《述志令》，就是因为它轻快自如，毫不做作（这和鲁迅一致）。而且在钱先生看来，正是由于曹操文学的这一特点，他在文学史上占有崇高的地位。钱先生说：“落花水面皆文章，拈来皆是的文学境界，要到曹操以后才有，故建安文学亲切而有味。”钱先生对中国古代诗歌中的赋比兴，有不同寻常的理解，这和他重视文学情趣的态度也是有关的。他引宋人李仲蒙解释赋比兴之说，归结其意，谓：“意即无论是赋，是比，或是兴，均有‘物’与‘情’两字。”然后发挥道：俗语说：“万物一体。”这是儒、道、墨、名各家及宋明理学家都曾讲到的。意即天人合一，也即大自然和人的合一，此种哲学思想均寓于文学中，在思想史中却是无法找到这理论的。我们任意举两句诗，如“狗吠深巷中，鸡鸣桑树颠”。当我沉浸在此种情调中时，不能说是写实文学，因为它不限时、地、人；也不能说其浪漫；且狗吠鸡鸣亦非泛神思想，亦非唯物观，此乃人生在大自然中之融洽与合一，是赋，对人生感觉到有生意有兴象之味，犹如得到生命一般。赋比兴都是追求天人合一、心物合一的意境，这个说法以前是没有的。但确实，我们在读这些文字时会感到一种欣喜，我们会感到自己对诗歌有了更亲切的理解。从历史与社会来说文学，从文化环境说文学，从中西比较说文学，这是钱穆先生《中国文学史》眼界开阔、立论宏大的一面；从自由洒脱、轻盈空灵的个性表现说文学，从心物一体、生命与大自然相融的快乐说文学，这是钱穆先生《中国文学史》偏爱性灵、推崇趣味的一面。两者不可偏废。至于钱先生讲课一开始就说：“直至今日，我国还未有一册理想的‘文学史’出现，一切尚待吾人之寻求与创造。”这倒没有什么可以特别感慨和惊奇的。以中国文学历史之悠久、作品数量之庞大、文学现象之复杂，文学史写作几乎就是“知其不可为而为之”。至于“理想”的文学史，只能是不断追求的目标吧。

（钱穆《中国文学史》，天地出版社，2016 年）

刘大杰《中国文学发展史》前言

一

我和刘大杰先生只见过两三面，未能有机会得到他针对我个人的教诲，但对先生的风采，至今还有印象，至于听复旦中文系前辈老师们谈论刘先生，那就很多了。

刘先生的人生经历，在他那一辈学人中算是比较特别的。先生有一部长篇自传小说《三儿苦学记》，记述了他早年生活的艰难：自幼失怙，家境贫寒，种过地，做过童工……在困苦中勤奋攻读，考入免学费的旅鄂中学，这才给自己造就了转机；以后入武昌高等师范学校（1922），继而东渡日本，进入著名的早稻田大学研究院研究欧洲文学（1926），前景遂不断开阔起来。20 世纪 20 年代、30 年代成名的学者，大多有比较良好的家庭经济条件和文化背景，而刘先生在这方面的凭依是极少的，除了母亲曾给他以最初的文学启蒙，一路走来主要靠个人的奋斗。

对刘大杰先生一生有重要影响的人物是郁达夫。刘先生在武昌高师读书时，郁达夫正在那里教书，二人结为莫逆之交。正是在郁达夫的激励下，他开始走上文学创作的道路，成为创造社的后起之秀，然后转入文学研究。细想起来，这二人的性情也确有很多的相近之处。爱好自由浪漫的生活以及浪漫的文学，真率诚恳，赤子之心始终不泯，是最明显的地方。吴中杰先生记刘先生的话云："他说他之所以得病，皆因年轻时候喝酒啊、闹啊，闹得太厉害了。"这个"闹"也常常是和郁达夫在一起的。一般早年经历艰困的人，心理上难免留下些阴影，为人比较警戒，多少有些窘迫，但刘大杰先生不是这样，他是洒脱自如的，对人不大防范，虽有时沮丧伤感，却还是神采飞扬的情形居多。我想这和他的聪明多才有关吧，聪明也是一种财富，可以抵敌他人别样的优越，因而就活得自信了。

说起刘大杰先生的才气，那在复旦中文系是众口一词的，好像谁也不在这方面跟他比高低。单以著作类型、学术范围而论，在文学创作上，刘先生出版过长、短篇小说，剧本，旧体诗集；刘先生也是民国前期一位重要的翻译家，20世纪20年代、30年代，他向国内译介过托尔斯泰、屠格涅夫、施尼茨勒、杰克·伦敦等许多欧美重要作家的作品，对日本、印度的文学也作过较为系统的介绍；在外国文学研究方面，他著有《德国文学概论》《表现主义的文学》《东西文学评论》等多种专著；在中国哲学研究方面，他的《魏晋思想论》是一部享誉很广的著作；在中国古典文学研究方面，《中国文学发展史》当然是最有代表性的，另外他主编的《中国文学批评史》流传也相当广。你不能不赞叹：洵乎多才！

在谈论刘大杰先生的《中国文学发展史》之前，我还想介绍他的两篇很少再被人提起的旧文，因为这颇能看出刘先生的为人。一篇是《呐喊与彷徨与野草》，发表于1928年5月出版的《长夜》半月刊。当时创造社、太阳社等一些鼓吹"革命文学"的激进派正在围攻鲁迅，刘先生针锋相对地说："有人说他不是无产阶级的作家，不过是醉眼陶然逢人骂骂而已。我不责鲁迅没有做革命的文学，我讨厌以最新的招牌，来攻击人的徒辈。我不失望鲁迅不是无产阶级的作家，我厌恶以无产阶级来装饰自己的资产阶级者。"同时刘先生提出自己对鲁迅的评价："他是一个写实主义者，以忠实的人生观察者的态度，去观察潜在现实诸现象之内部的人生的活动。"又说："在中国写实主义的作家里面，鲁迅是成功的一个。他有最丰富的人生经验，他有最锐利而讽刺的笔锋。"在这里我们可以看到刘先生清醒的思想与眼光以及对文学价值的坚持。另一篇题为《汉代末年的学生运动》，1948年发表于储安平主持的《观察》杂志。文中指出：任何一种思潮、一种运动的到来，都有事实上的时代背景，都有社会政治的原因，在一个经济破产、社会腐烂、民不聊生的时代，知识青年发出不满于现状的呼声，对政治有所责难，对于现实有改革的要求，这是表示时局动荡不安的信号。他认为："每一时代的统治阶级对于读书人都采取高压的政策，以大量的惨痛的屠杀，来消灭他们的力量，但后代读历史的人，对那些手无寸铁的莘莘学子的言行，无不加以赞叹和同情。”这篇谈历史上学生运动的文章显然是针对当时现实而言的，对反对国民党腐败统治的学潮表示了明确的支持。

我想这两篇文章足以说明：刘大杰先生不仅仅是一个具有浪漫气质的才士，他也是一个头脑清醒、有见识、有勇气的现代知识分子。如果说在一种特殊的情形下他的行为、他的文字显得糊涂了，那只是因为不糊涂就过不去。人世原是如此：有时要靠聪明，有时要靠糊涂。

二

刘大杰先生堪称著作等身，《中国文学发展史》是其中最著名也是流传最广的一种。这书初版本分为上、下卷，上卷完成于 1939 年，1941 年由中华书局出版；下卷完成于 1943 年，出版于 1949 年初。后于 1957 年、1962 年两次修订，改为上、中、下三卷。另外还有一种“文革”中的修订本，那其实是外来压力作用的结果，它显然不能代表刘先生对中国文学的真实看法。各种版本中，最具代表性的是初版本和 1962 年的修订本，复旦大学出版社本次印行的即为后一种，它是多年来内地众多高校作为教材使用的版本，台湾、香港亦有以此为教材的。

1904年，林传甲所作的《中国文学史》印行，这是最早出版的由国人撰写的文学史著作。由此到刘大杰先生着手撰写本书的1938年，据陈玉堂《中国文学史旧版书目提要》之统计，属于通史性质的书就出版了八十六部。至《中国文学发展史》问世，它很快被推举为这一研究领域内最具有系统性、成就最为突出的一种，从而确立了中国文学史著作的基本范式。而且，此书不仅影响了后来多种同类型著作的撰写，其自身也一直没有完全被替代，没有停止过在高校教学及普通读者中的流行。总之，要论影响的广泛与持久，至今还没有一种文学史能够超过它。

刘大杰先生的《中国文学发展史》之所以能获得巨大的成功，原因是多方面的，我想首先应该强调的是其理论上的特色。

文学史这种著作类型是经日本的中介从西方引入的，如何把西方文学理论与中国文学传统相结合，是一个很大的难题。早期的文学史著作中，有些观念陈旧而内容芜杂，如林传甲所著就是如此。但也有作者很早就注意到西方文学理论的运用，如黄人的《中国文学史》虽出版稍迟，写作年代则大略与林传甲所著相仿，但其书已经多方援引西方文艺理论家及日本学者的学说讨论“文学”义界的问题，书中对戏曲小说的择取，也体现了文学观念的变革。此后这方面的努力一直没有中断，但可以明确地说，在刘大杰先生之前，还不曾有人仔细和深入地研究过西方的文学史理论，并将之恰当地运用于中国文学史的写作。有些人讨论了“文学”却并没有充分理解文学史作为“史”的特殊层面；有些人过度地依赖于社会学理论（如进化论），对于文学发展过程的描述难免不够亲切。即使几种杰出的著作，如胡适的《白话文学史》（1928）、郑振铎的《插图本中国文学史》（1932），其优长也是集中于一两个突出的方向上，论文学史所需的均衡性和严密性则显然有所不足。

刘大杰先生曾以数年时间专注于欧洲文学研究，当他转入中国文学史的研究时，对原来就相当熟悉的近代西方文学理论做了更深的探究。他曾历数对自己影响最大的几种著作，为：“1. 泰纳（或译丹纳）的《艺术哲学》和《英国文学史》。2. 朗宋的《文学史方法论》。3. 佛里契的《艺术社会学》和《欧洲文学发展史》。4. 勃兰兑斯的《十九世纪文学主潮》。”（《批判中国文学发展史的资产阶级学术思想》）内行人可以看出，这里列举的，都是与文学史撰写关系最为密切的名著。而对于这些理论，刘先生并不是生硬地从中割取若干观点来解释中国文学，用他自己的话来说，他是“把这些理论组织成为自己的体系，来说明中国文学的发展”。（出处同上）

同时，刘先生所谓“自己的体系”，也并不只是由西方理论的元素构筑而成的，中国固有的文学史观中较为合理且与西方理论可以契合的内容也是其有力的支撑。大体自宋元以来，由于戏曲、小说影响的扩大和身价的提高，对文学推崇变化出的新见解渐渐占取上风，到清中叶的焦循，更归纳出“一代有一代之所胜”的鲜明论点，后来得到王国维、胡适等人有力的张扬。而在《中国文学发展史》中，文体的兴衰与代变实为文学史成为“史”的重要内涵。

我无法在有限的篇幅中对《中国文学发展史》的整个理论框架加以介绍。最简略地说，它大抵以“物质基础”“社会经济”以及“精神文化”等因素为文学的背景和条件，在此基础上追究每一时代的“文学思潮”，同时联系文学的“生物的机能”，通过分析具体作家各具个性的创作，最终描绘出作为“人类情感与思想发展的历史”的“文学发展史”（初版本自序）。在理论意识的清楚和理论体系的完整上，它超过了之前所有的文学史著作。而且，由于这一特点，本书对文学的“发展”和“演变”的描述也格外鲜明生动。

中国文学史与其他类型的著作相比，其特殊性还在于：以中国文学延续年代之长、历史现象之复杂、积累作品数量之庞大，任何个人都不可能对之从事既全面又有足够深度的研究，因此必须吸纳他人的研究成果；但面对各种各样的观点如何总结如何择取，又如何将之融入作者的思想系统，这反映出一部文学史与一个时代之思想与学术的关系。

在本书初版本的自序中，刘大杰先生提到他对前人研究成果的汲取：“王国维的《人间词话》《宋元戏曲史稿》，梁启超的《陶渊明》，胡适的小说论文等，在我评论唐宋词、元人散曲、陶渊明、《老残游记》及其他作品的时候，所受影响是较为显著的。再如周作人的《中国新文学源流》一书，在评论明末散文和金圣叹的章节里，也可以看出它的影响。”当然这里只举出一部分例子，未尝提及的如述声律说之兴起用陈寅恪《四声三问》的意见等，还有许多。那么，刘先生的取舍标准是什么呢？属于考证性的当然简单，取可信的就是在牵涉到价值评判和文学史发展方向时，可以注意到：大凡表彰古代文学中浪漫气质、自由精神、个体意识、叛逆思想的意见，便容易为他所接受；同时，这也是刘先生自己发表评论的主要出发点。总之，在刘先生看来，中国古代文学中蕴藏着与“五四”新文学精神相通的东西，这是它最可珍贵的内容。

通过以上简括的介绍，我想强调《中国文学发展史》的另一个重要特点：它是站在“五四”新文化的立场上，汲取了自“五四”以来中国社会思想发展与学术进步的成果，对中国古代文学进行一种新的总结的著作；它是个人的作品，也是历史的产物。

刘大杰先生很强调文学史研究的客观性与历史性，反对凭着个人的偏见好恶来描述历史上的文学现象；对一些用现代艺术鉴赏眼光看来价值不高的作品，他也会注意其在历史上的合理性及在文学发展演变过程中的意义。但这绝不意味着对作者个性的抹杀，实际上，《中国文学发展史》正是各种文学史著作中最能显示个人学术风格和个人审美趣味的一种。不仅语言富丽，叙述生动，富于感染力，书中的议论也每带有激情。可以说，史家的理性与诗人的感性在此书中是共存的。这种个性化的特征，是本书的第三个重要特点。

三

前面说及《中国文学发展史》有两个主要的版本：1941年、1949年分两次印行的初版本和1962年出版的修订本。这两个本子有所不同。

大概地说，初版本的撰写受外界影响较小，文笔自由飞扬，显得才华横溢，本文前面论及的三个重要特点也都已具备。不足之处则在于结构上还存在一些缺陷（如未论及司马迁与《史记》，应属考虑不周），论述也不够精细，线条略粗。一部牵涉范围极广的大书，初版本能够达到现有水准已非寻常，将来有所修订也是作者计划中的事。

在20世纪50年代、60年代两次修订本书的过程中，刘大杰先生经历了多次政治运动的冲击，包括专门针对《中国文学发展史》的批判运动，他曾经有过心灰意冷的时刻。面对主导意识形态的变化和严峻的环境，修订工作必须有所顺应。所以在1962年版本中，可以看到初版本中那种自由挥洒、无所顾忌的言论减少了，许多跟新时代的政治标准有冲突的人名、引文被加以汰洗，同时又增加了若干新流行的术语。总之，从初版本到修订本，时代变化留下的痕迹是明显的。但我们注意到，刘先生是一个在学术上很自信的人，他虽然必须顺应形势来做出修订，原书的基本框架和内在脉络还是被完整地保存下来了。也许正因为修订是有压力的，加以年岁增长，思维变得缜密，他考虑问题便显得比过去仔细得多。经过修订的《中国文学发展史》，结构更加完整，原有的缺漏、疏忽得到弥补，叙述变得较为严谨和规范。但比起在这前后多种集体编写的《中国文学史》，刘先生的书仍然是最漂亮、最具才华和最能显示个性的一种。

要说初版和1962年修订版哪一种更能代表刘大杰先生的中国文学史研究，也不好说。大概而言，初版本更多地体现了刘先生早年的才情，而1962年修订版尽管有不少拘束，就知识性、学术性来说，还是比前者显得成熟和老练。

本书1957年修订本最初由古典文学出版社出版；1962年修订本最初由中华书局出版，后由上海古籍出版社沿袭出版，直到2003年。2005年，正逢复旦大学百年校庆之际，复旦大学出版社组织出版了一批复旦历史上著名学者的学术名作，以作为对百年校庆的献礼和纪念。出版社的这一想法，得到刘大杰先生女儿刘念和、刘小衡两位女士的大力支持，她们将本书的出版权均授予复旦大学出版社。这一名著最终能够在复旦大学出版社出版，也可以说是刘念和、刘小衡两位及复旦人对于刘大杰先生的一份最好的缅怀与纪念。

（刘大杰《中国文学发展史》，复旦大学出版社，2006年）

朱东润《诗三百篇探故》序

1933年，朱东润先生在其任教的武汉大学的《文哲》季刊上连续发表了四篇关于《诗经》的论文，后集为一书，题名《读诗四论》。这书在1981年由上海古籍出版社重版时，另加上一篇1946年发表于《国文月刊》的同样性质的论文，改名《诗三百篇探故》。与完成于相近年代并引起学界广泛重视的《张居正大传》和《中国文学批评史大纲》相比，《读诗四论》的情形颇有些寂寞，在很长的时间里，一般文学史乃至《诗经》研究著作称引此书的实不多见。差不多要到20世纪末，它的学术价值才得到较为充分的肯定。在这背后，学术风气之迁变耐人寻味。

20世纪20年代至40年代，《诗经》研究一度颇为兴盛，影响最大的学者，大概要数闻一多和郭沫若。他们的学术风格和理论基点不太一样，但在敢于标新立异、引领风气方面则很相似。

闻一多擅长以考据学、训诂学的手段与源于西方的民俗学、神话学与文化人类学等理论方法相结合来从事《诗经》研究，又加上他所推崇的想象力。闻氏对诗意做出了很多全新的诠释，影响十分深远。但具体说来，所得结论则未必坚实确切。譬如其早期论文《诗经的性欲观》，用弗洛伊德的泛性论和潜意识理论作为解读《诗经》的利器，认为其中存在着极其丰富的关于性欲的表现，如虹、云、风雨、鱼、鸟等意象都是性交的象征。沿着这一方向，闻一多后来又发表了著名的《说鱼》，提出"《国风》中言鱼，皆两性间互称其对方之廋语"。这些观点均为向来说诗者所未道。但作为贵族文化教材、孔夫子谓之"思无邪"的《诗经》是否可能如此充溢着性欲、性交的内涵，不能不令人感到迷惑。

郭沫若的《诗经》研究更偏向于历史学。他在《中国古代社会研究》《青铜时代》等名著中，按照其所理解的马克思主义理论，对《诗经》中的材料做出各种新的诠释，用来说明当时的社会生活情况。郭氏的研究在当时的中国学术界极富创新意义，而中国社会实际变化的结果则有力地支持了他的理论立场，故其影响较闻一多更为广泛和深远。但且不论在深受苏俄影响的情况下，郭沫若对唯物史观与阶级斗争学说的理解是否准确，一种过于强化的理论态度，几乎很难避免强古人以就我的过度阐释。举一个显著的例子来说，郭氏阐释《豳风·七月》，在说及"女心伤悲，殆及公子同归"时，认为这位女子是因为想到将会被"公子"占有而悲伤，令人觉得她的阶级意识之鲜明，不下于现代受过政治教育的人。但钱锺书认为“女子伤春”和“男子悲秋”同是中国古代文学中典型的抒情模式。他在《管锥编》中解说这两句诗，用了大量例证来证明自己的观点。这和郭氏的观点有针锋相对的味道。

朱东润先生年轻时留学英国，对西方文化及学术传统的理解是他从事研究工作的重要背景。但和闻一多、郭沫若不同，他的《诗经》研究虽然也是力辟陈说，多出新意，但并不以某种特殊的理论为先导，而是以充分的证据、严密的逻辑，对关于《诗经》的若干基本问题进行深入的探究，廓清障蔽，获得新的认识。或许因为朱先生使用的方法颇显得笨拙，他的研究成果并不容易引起一时震动，但多少年过去以后，其所得结论之坚实确切，更显得清楚了。在此书的绪言中，朱先生表明了自己在《诗经》研究上所取的立场是，一方面要祛除因为《诗经》被尊为“经”而造成的对诗意的曲解和遮蔽，另一方面也反对“惑于欧美之旧说，以是非未定之论，来相比附”。在对待西方理论的态度上，他与一般趋新的研究者有很大的不同。现在看来，西方理论的引入对于开拓中国传统文史研究的新生面无疑是起了很大作用，但如何恰当地运用这些理论，确实不是那么简单的一件事情。朱先生指出的问题，至今值得我们思考。

朱先生关于《诗经》的几篇论文中，以《国风出于民间论质疑》最为著名，文中论证《国风》不出于民间，从而也就证明了《诗经》全体是贵族文化的产物。

认为《国风》主要出于民间，是一种长期以来占主导地位的意见。汉儒有“采诗”（天子或诸侯国君从民间采集歌谣以观民俗）说，这为《诗经》出于民间之说提供了根据；而朱熹称“风者民俗歌谣之诗也”（《诗集传》），则代表了宋儒沿袭汉儒的一面。另一方面，“五四”新文学运动的理论以重视“平民文学”为主要基点，同时又以西方理论为依据，以为歌谣多出于民间，于是《国风》为民间作品的看法，愈加坚定而流行。新说与旧学相契合，似乎莫过于此，这也是人们对此观点很少怀疑的重要原因。

朱先生却首先注意到通行之说与《国风》诗篇的实际情况不相合。他的研究方法其实简单明了，即一切从作品本身出发。通过逐篇梳理，朱先生指出：其一，据《毛诗序》和三家诗说，凡作者可考而得其主名者七十余篇，身份皆为统治阶级；其二，诗篇中，作诗者或自言，或言其关系之人，或言其所歌咏之人，涉及地位、境遇、服御、仆从诸端，可以确定为统治阶级之诗者凡八十篇，即《国风》一百六十篇总数之半。相反，欲以同样方法论证某诗确实出于被统治阶级所作，不能得一篇。《诗经》是中国文学的源头，倘若其文化性质不能弄清楚，对它的理解会出现很大的混乱。就这一点来说，我们自然能够理解朱先生所做考证工作的意义。

《大小雅说臆》一文，考证《小雅》《大雅》区分的依据。文章博征《诗经》自身及《国语》《左传》《大戴礼》中相关材料，力辟“《风》《雅》《颂》皆为乐调名”之说，明确指出：

“《风》《雅》之别，以地论，不以朝廷、风土、体制、腔调论。”朱先生认为：周部族自称为夏族，“雅”是“夏”的音转。周人初聚族岐周，岐周之诗为《大雅》，后东迁丰镐，丰镐之诗为《小雅》。

值得注意的是，朱先生研究《诗经》不仅仅为了清理史实，还抱着一种揭示民族文化在早期阶段所蕴含的积极向上的生命力并希望它得到发扬光大的心愿。论《国风》不出于民间，关联到上古时代文化的担当者只能是贵族，中国文学的若干重要特色最初也只能养成于贵族文化之中；论《雅》之得名本于民族称呼之“夏”，广言之《国风》亦为《雅》，关联到《诗经》整体所体现的诸夏民族精神。而这种揭示，在《诗心论发凡》与《诗三百篇成书中的时代精神》两篇以论析为主的文章中，表现更为集中。

《诗心论发凡》从自然、恋爱、战争三大主题论析诗人之情志，表彰“吾先民刚毅倔强之气”，富于自信的精神，和“对于战争，大抵以仅能自全为止”的态度，体现了作者考察古代作品的独特眼光和价值标准。而写于抗日战争胜利不久的《诗三百篇成书中的时代精神》一文，在考证《诗经》之成书年代之后，特别强调这一时代的使命是追求诸夏部族的团结，一致抵抗其他部族的侵略。文末说：“了解《诗》三百篇以后，我们才能知道为什么中国诗人充满了苦难然而也具有坚强的精神，才能知道为什么中国人虽是不断地遭着外来的患难，然而最后还是一个不能克服的民族。”从这里我们读到的不仅是历史，也是作者当下的心情。

容纳了《读诗四论》的《诗三百篇探故》是一部学术名著，它十分鲜明地体现着朱东润先生的学术个性。简括而言，就是敢于怀疑却又并不着意追求新奇，注意汲取西方理论而避免生硬地套用，视野宏大，文风拙朴而坚实。同时，朱先生虽以古代文史为研究对象，却不赞成把学术视为与人在现实中的生存全然无关的东西，他总是在自己的学术研究中贯注着对祖国对民族深厚的情感。这一切，对于后辈应是很好的榜样。

差不多二十五年前，我曾随朱东润先生读《诗经》，先生指定以陈奂《诗毛氏传疏》、王先谦《诗三家义集疏》、朱熹《诗集传》三书为主要读本，兼顾其他。我平时在图书馆里将数种本子摊成一片对着看，每周有一个上午去先生家中与先生讨论读书的心得，将疑惑之处提出。我因习惯晚睡晚起，又是住在校外，到先生处有时会迟到，这时朱先生总是已经端坐在书桌前，打开了他所用的书，阳光从窗外射入，映着他睿智而慈和的神态。我一直没有写过关于《诗经》的论文，有负先生的教诲，但诗篇还是读熟了的。那些读书的日子，永远铭记在心里。

（朱东润《诗三百篇探故》，云南人民出版社，2007 年）

《中国大文学史》序

上海书店出版社印行的《中国大文学史》是一部比较特殊的文学史著作，它是由民国时期出版的八部中国文学断代史旧著合成的，包括柳存仁的《上古秦汉文学史》、陈中凡的《汉魏六朝文学》、陈子展的《唐代文学史》、杨荫深的《五代文学》、柯敦伯的《宋文学史》、吴梅的《辽金元文学史》、宋云彬的《明文学史》和张宗祥的《清代文学》。这些书原来均是独立写作、分别出版的，完成的年代亦各不相同。如今合为一体，要说理论主张前后如一，各部分的关联自然而顺畅，当然是不可能的。但无论是专业研究者还是普通读者，都可以从这本书里得到很多益处：因为这八本断代文学史大抵都是民国年代的名家之作，在学术史上固然有一定的地位，作者们对各时期文学特点的认识与解析，也自具特色。从书中不仅可以获得相关的知识，而且能够体会到各家所持理论与方法的差异，对愿意思考的人来说，这应是一种颇有趣味的阅读。

《上古秦汉文学史》出版于1948年（商务印书馆），是柳存仁教授的早年之作。柳先生后来主要在澳大利亚从事研究工作，是澳大利亚人文科学院的首届院士、英国及北爱尔兰皇家亚洲学会会员，在国际汉学界享有很高的声誉，而他的学术研究工作的一些特点，在本书中就已开始呈现出来。

作为阐述中国早期文学的断代史，此书着重辨析中国文学萌生的过程和早期各种文体的主要特点，富于理论色彩是其一大特色。作者不仅广泛汲取了到那时为止国内各种专门研究的成果，对西方文艺学、文化人类学等领域的研究状况也非常关注，书中从一开始论何为“文学”、何为“历史”，以及历史的价值观，到探讨文学的起源、诗歌的产生，均以大量中国古代文献与西方理论相结合，显示了开阔的学术视野。总之，从这部著作中，可以看到研究者在文学史理论阐释方面做出的努力。

陈中凡先生是文史研究方面一位有声望的前辈，曾任北京女子高等师范学校国文部主任、东南大学国文系主任，新中国成立后任南京大学中文系教授。他的《中国文学批评史》虽比较简略，却是一部具有开创意义的著作。《汉魏六朝文学》出版于1929年（商务印书馆），也是国内最早的断代文学史之一。此书虽然年代很早，但至今读来，仍能感觉到陈先生富于开创性的学术风格和明快的见解。如书的绪论部分一开头就引苏轼称颂韩愈“文起八代之衰”的名言，然后通过分析中国文学演进的基本过程，得出八代文学“是上承周楚，下启隋唐，中间的一个枢纽”的结论，虽是写断代文学史，全史的意识却十分清楚。又像第五章论南朝文学，指为中国文学史上的“极盛时期”，这不仅与“八代之衰”的旧论相悖，就是在新一代学者中恐怕也很少有人说得如此明确。而事实是，只要真正站在文学的立场看问题，就不能不承认陈先生的意见是正确的。联想到至20世纪50年代以后相当长时期中一般文学史对南朝文学总体上持否定态度，令人不禁生出许多感慨。

本书作者中我唯一有过交往的是陈子展先生，他是我们复旦中文系的老师，早年曾经做过系主任。20世纪80年代初，有一段时期我经常到先生府上去，听他谈各种往事。他的经历非常丰富，早在大革命时期就与毛泽东等多位中共早期领导人有往还，曾经被敌人以重金悬赏购其头颅；后来作为左翼文化人，又与鲁迅夫妇、郭沫若等颇为熟悉。但因为脾气耿直，以其一向为赤色的历史居然也领回一顶“右派”帽子。陈先生喜欢谈他如何跟人“抬杠”，并得意于自己的经常获胜，好像曹聚仁的回忆录中对陈先生的这一爱好也有所描述。我曾经劝陈先生写回忆录，但后来先生身体差了，这事终究没有做成，想起来是很可惜的。

陈子展先生的《唐代文学史》（上海作家书店，1944）规模不大，属于简史式的，述唐代诗、文、小说、词的演变线索很清楚。不过他也并不总是均衡地花力气，个人的趣味与好恶还是很明显的。譬如说到陈子昂和他的文学主张，不过寥寥数行；而对喜用口语的王梵志诗、寒山诗，却不吝笔墨地加以介绍；包括王绩，书中也着重介绍其近于白话的诗作。这一方面与陈先生喜好畅达而富于谐趣的风格有关，另一方面也和他在当时文坛上的活动有关。1934 年，陈子展先生曾与陈望道等人一起，发起了一场“大众语运动”，倡导“大众说得出、听得懂、看得明白、写得顺手”的语言，与一批否定“五四”新文化、倡导所谓“文言复兴”的人相对抗。这一活动在他的文学史中留下了间接的痕迹。另外，像说李白的“游侠富贵”思想，以及“超世”与“颓废”相重合的性格，都点得很准。其实李白是非常赞赏富贵与享乐生活的，只是人们爱惜他是一位自由纵放的天才，不大愿意在这方面多加批评。

五代为时甚短而分裂割据状态严重，人们习惯上将它视为唐王朝崩溃后的余波或宋王朝建立的前奏，较少从独立的意义上分析这一时代的思想文化，在文学史的分期上，通常也是把“晚唐五代”作为一个历史阶段。在这种情况下，杨荫深先生的《五代文学》（商务印书馆，1935）一书就显得有些特别。其书叙北方五朝情况甚简略，但即使如此，有些内容仍然是一般文学史所忽略的。如后唐庄宗李存勖的风格纤柔的词，恐知之者甚少。至于花费笔墨较多的南唐、前蜀、后蜀的文学创作，也不局限于词，对诗亦有较系统的介绍。

五代实际上是一个文学发展变化相当丰富的时期。此书虽是一部旧著，仍然使人注意到长期以来对这一阶段文学研究得不够充分。作者杨荫深先生除了从事中国古代文学研究，又是编辑界的元老，是《辞源》《辞海》编纂的重要人员。

柯敦伯先生的《宋文学史》（商务印书馆，1934）是最早的宋代文学断代史，以分体方式叙说，散文、四六文（骈文）、诗、词、戏曲、小说各一章。《宋文学史》总共约十二万字，是本书所收八部著作中规模较大的一种。作者的研究态度倾向于平允，虽不以见解特异见长，然善于折中各家意见，因此各部分引用的材料堪称丰富，介绍分析较为系统和细致。书中宋词一章篇幅超过宋诗，在当时来说，这是对宋词表现了很大的重视，对后人有一定的影响；书中对宋词的一些提法，如“辛派词人”“姜派词人”之类，亦常为后人所袭用。另外，关于“四六文”的一章也值得注意。通常人们容易有一种误解，以为宋代已经是散体文流行的天下，其实并非如此，骈文的应用仍然相当广泛。

《辽金元文学史》（商务印书馆，1934）的作者吴梅，是一代曲学大师，北京大学全盛时期的名教授之一。其书以辽、金、元各为一章，每章下分列文家、诗家、词家、曲家诸类。全书总体上以作家述评为主，对每一作家先叙仕履及著作情况，然后略言其写作风格与得失，并举例评论。这是一种看上去很简单的写法，带有旧式学问的味道。但作者学问根底深厚，其征引之恰当，议论之剀切，皆非易至。在中国文学史各阶段中，辽、金、元文学研究相对薄弱一些，而吴梅先生此书差不多涉及了这三个朝代所有有成就的作家，虽并不展开评说，但要言不烦，各人名下举例的作品都很出色，体现了吴先生的兴趣，至今读起来还是津津有味。

《明文学史》（商务印书馆，1934）的作者宋佩韦，就是20世纪30年代影响广泛的开明书店印行之《中学生》杂志的主编宋云彬先生。其书历述明代诗文的发展变化，于戏曲、小说并无涉及。但作者的态度并非特意排除后者，而只是由于后者“另有郑振铎的专篇叙述”。但正是因此，书中对明诗文作家的介绍和评述显得较有系统，也比较充分。后来通行的文学史在明代部分特重戏曲、小说而忽略诗文，反而衬托出此书的一种特色。

此书还有一个很特别的地方，是以末章专门介绍了明代的八股文。八股文是否应该写到文学史中去，在理论上可能会有许多争议，但八股文与明、清士人的人生道路关系极大，对文学的影响甚深，则是确定无疑的事实，作为一种文化知识，人们有必要了解它。就此而言，本书的写法还是值得称许的。尤其到今日，已经极少有人知道八股文是什么玩意，这又增添了本书的阅读价值。

《清代文学》（商务印书馆，1930）的作者张宗祥，是一位经历很丰富的学人。他是清光绪二十八年（1902）举人，后任浙江高等学堂兼浙江两级师范学堂教员，倡导新学。曾与鲁迅、许寿裳等一起反对思想顽固的校长——夏震武（外号夏木瓜），号称“木瓜之役”。民国初赴京任教育部视学，兼京师图书馆主任。新中国成立后做过浙江省图书馆馆长和西泠印社社长。其书规模较小，实为概略性质，唯于各时代中选择若干对象重点评述，稍为展开。作者目光所关注者，主要在清代文化变化之大势，所谈问题，亦不以狭义的“文学”为限。如第七章《光宣文学概述》，述康有为、梁启超、严复、林纾，至王国维而终，实际是描述了整个清末思想文化的变迁，而及于受此影响的文学的情况。对许多重要问题，作者常有独特的看法。如论王国维在辛亥革命前提出的文学见解与主张，认为实与“后此十余年间胡适之、陈仲甫辈所提倡之文学革命论不谋而合”，此说极有见地。

以上分别简述了组合成《中国大文学史》的八部中国文学断代史旧著各自的特点。无须多说，学术研究是不断发展的，在这些旧著出版之后出现的研究成果当然不可能被它们吸收，所以比起新出的文学史著作来，本书难免有些缺陷。但也要看到，中国古代文学是极为丰富和复杂的存在，对它的理解和阐释也绝不可能是单一的。后出之作尽管具有某种必然的优势，但并不意味着它可以完全取代前人之作。甚至，另一种事实也确实是存在的：由于特殊的社会环境所造成的压力，后出之作有时并不是在前人的基础上向前迈进，而是向后倒退。当我们拿新旧文学史著作来对照时，会发现人们在这一领域内所做出的种种努力，以及曾经遭遇或仍在遭遇的挫折。

而名家之作不能够被取消，不仅仅因为它代表了学术史的历程，更因为它体现着研究者的个性与才情，而这恰恰是最不可能重复的。所以无论在什么时候读这类著作，都是与智者的对话，而收获之多寡，每视叩问之深浅。

（《中国大文学史》，上海书店出版社，2006 年）

冯至和杜甫的相遇

——新版《杜甫传》序

夜间随意翻书，读到杜甫《自京赴奉先咏怀》，突然被“霜严衣带断，指直不得结”两句诗惊住了。从前没有特别注意它。此刻，隔着差不多一千五百年的时光，我好像看见那个瘦弱的中年文人走在冬季的寒夜里，他穿着旧的衣衫，衣带不牢靠，断裂开了。冰凉的风吹进怀里，他一定要把这根断了的衣带打上结。可是手指冻得僵硬，怎么也打不好。他反复打那个结，在深夜的寒风里颤抖着，一副很笨拙的样子。

这是天宝十四载（755），杜甫旅食京城十年，谋求仕宦的机会。他做过各种努力，他很羞愧，而终于得到一个看管军用品仓库的官职。他离长安赴奉先（陕西蒲城）探望寄居在那里的家人。他经过骊山脚下。骊山上有皇帝的行宫，那里有温泉，有美人和音乐，有奢华的酒宴和快乐的嬉笑。但这是所谓“盛唐”的尽头，民间凋零而悲苦。走来路上，杜甫见到了什么呢？将枯的行尸，虚渺的哀吟？杜甫不再想他的衣带，一个声音从他心底里冲出来，它的震撼在中国历史上永不断绝——“朱门酒肉臭，路有冻死骨”！

唐代三位富于创造性的大诗人，李白、王维、杜甫，有人分别将之称为“诗仙”“诗佛”“诗圣”，因为他们的诗分别体现着中国文化中最重要的道家、释家、儒家三个思想系统的人生精神。读诗的人各有所好，一定要分判高下也很无谓。但区别还是可以说。“仙”和“佛”都是求解脱的，李白的轻快飞扬，王维的清静淡远，都很优美而令人神往。从诗境而言，他们的脚不是踩在泥泞之中的，那会令人不能很好地唱歌。

儒者却不是。严肃的儒者走过被血泪浸染的土地，不能不凝视世间的苦难，拿这苦难锻打诗句，拿这诗句敲击人心。《自京赴奉先咏怀》是杜甫回到家以后写成的，他到家遇到的第一件事是最小的孩子因为饥饿而夭折了。大多数人都经不起这样的冲击，更少有人能够从自身的痛苦中挣扎出来，去看广大的人世。但是杜甫看到和想到的比我们要多。他说自己“生常免租税，名不隶征伐”，享有不缴租税不服兵役的特权，如果这样的家庭尚且难以为生，那么身份更低下的贫民呢？“默思失业徒，因念远戍卒”，那些人如何在这个世界上活下去？他的忧患悲苦此时变得分外浓重，弥漫于天地之间。

罗素曾经说过一句话：如果不设定上帝的存在，人们将无从讨论生命意义的问题。对于宗教文化而言，这样说是不错的。但中国是一种非宗教类型的文化，宗教对中国人的精神生活影响有限。那么，中国的古人如何理解所谓“生命意义”的问题呢？我们可以看到儒者给出了一种回答。

在孔子的学说里，“仁”是一个核心概念。仁可以指具体的德行，譬如“己所不欲，勿施于人”，譬如“仁者爱人”……同时，“仁”也具有一种抽象性：仁是全德，或者说德性的完成。在这种思想系统里,“生命意义”的问题也得到了回答：追求德性的完成。而“仁”作为一种道德力量，它同时必须体现为对政治责任的承担；儒者试图通过施“仁政”来“治国平天下”，相信可以由此使社会趋于良善，直至达成理想。

但是政治总是要通过权力来实施，而权力和幽暗的人性融合在一起，总是变得贪婪而凶残。这时候，“仁义”很容易成为权力的装饰品，成为涂抹在血腥之上的好看的辞藻。这时候，儒者倘若依然抱守高洁的信念，他们的生命姿态就会显得迂腐而笨拙。杜甫就是这种典型范例。

“三吏”“三别”写尽了战争带给人民的苦难。那是唐王朝在安史叛军的打击下挣扎自救的战争，而成功的代价则是人民的牺牲。作为唐王朝的官员，把这样的战争描述为“正义”是理所当然的，杜甫也据此对走向牺牲的人民发出了抚慰。但是，面对人民在无穷尽的苦难中看不到生路的事实，他没有办法掉头不顾，也没有办法拿王朝的大义来遮掩死亡。“眼枯即见骨，天地终无情！”这是《潼关吏》悲从军的少年；“幸有牙齿存，所悲骨髓干”，这是《垂老别》悲从军的老者。他的声音悲愤而嘶哑，这使得他的抚慰显得笨拙而勉强。笨拙是因为杜甫心中的仁爱深厚而执着，使他不懂得取巧。也正因此，他的声音才能穿透历史，捶击一切有可能变得麻木的心灵。

甚至杜甫的死都显得笨拙。关于李白之死，传说是他醉酒后投水捕月而溺亡，这个故事表述了人们对李白的理解：如果他将生命结束在病床上，就玷污了“谪仙人”的名号。而关于杜甫之死，史书上是这样记载的：杜甫晚岁乘舟漂泊在湖南，在经过耒阳时，被涨水所阻，多日不得食。耒阳聂县令送来白酒和牛肉，杜甫饱食后一夕而卒。这个死亡的姿态让人感觉不好看，很多人不愿意接受。它是否属实暂且不论，但确实描绘出杜甫潦倒落魄的人生末路。这个衰老多病、被人遗忘的舟中孤客，他嘲笑自己不过是“乾坤一腐儒”，但到了最后的日子依然忧念天下，这个浊乱的世界不可能让他死得优雅。

要说谁是中国古代最伟大的诗人，大概选杜甫的人会多一些，只是要达成共识很难。但要说谁是最值得怀念的诗人，我想只有杜甫吧。他的诚实、敏感、多情与才华，都是不可思议的；他永远相信自己有爱的力量，不肯漠视世间的一切不幸与不公，尤其不可思议。他几乎让所有人都感到惭愧。

人们也一直在怀念他。杜诗号称“千家注”，历来拥有最多的研究者。但一直缺乏关于杜甫的优秀的传记。新旧《唐书》的杜甫传不仅简陋，而且有不少错误。诗人冯至感觉这是不应该的，遂自觉承担起撰写第一部现代的《杜甫传》的责任。这部书稿从 1951 年初开始连载于《新观察》杂志，至 1952 年由人民文学出版社出版。

冯至曾经是鲁迅的学生，是一位重要的现代诗人，鲁迅称赞他为“中国最为杰出的抒情诗人”(《中国新文学大系小说二集导言》，1936)。同时，他也是杰出的德语文学翻译家与研究者。而《杜甫传》在中国古典文学研究领域内，又是一部体现出极好的文学趣味与学术涵养的佳作。冯至曾经说及对他影响最大的诗人，是杜甫、歌德、里尔克，在他身上，体现了中西文化近乎完美的结合。

作为乱离时代的歌者，杜甫羸弱、穷困、潦倒，晚年常常是衣衫褴褛，步履艰难。但是他拥有不可想象的精神力量。“穷年忧黎元，叹息肠内热”，这种“热”是中国文化的生命热能，它能够穿透历史，让陷于动荡与苦难的人们感受到温情与希望的存在。儒家从孟子开始说人皆可以为圣人，这有一种把对多数人的道德期待提升太高的危险。但杜甫跟我们不一样。在他身上确实有一种从苦难中超升而近乎宗教的神圣光芒。而冯至说到他关心杜甫，就是始于七七事变后携家人随校从上海辗转内迁，经历颠沛流离的行程。他那时写下一首诗：“携妻抱女流离日，始信少陵字字真；未解诗中尽血泪，十年佯作太平人。”在《杜甫和我们的时代》一文中，冯至更清楚地写道：

……抗战以来，无人不直接或间接地尝到日本侵略者给中国人带来的痛苦，这时再打开杜诗来读，因为亲身的体验，自然更能深一层地认识。杜诗里的字字都是真实：写征役之苦，“三吏”、“三别”是最被人称道的；写赋敛之繁，《枯棕》、《客从南溟来》诸诗最为沉痛；“生还今日事，间道暂时人”，是流亡者的心境；“安得广厦千万间……”谁读到这里不感到杜甫的博大呢；由于贫富过分的悬殊而产生的不平在“无贵贱不悲，无富贫亦足”这两句里写得多么有力；“丧乱死多门”，是一个缺乏组织力的民族在战时所遭逢的必然的命运。这还不够，命运还使杜甫有一次陷入贼中，因此而产生了《悲陈陶》、《悲青坂》、《春望》诸诗，这正是沦陷区里人民的血泪，同时他又替我们想象出，一旦胜利了，那些被敌人摧残过的人民必定快乐得“家家卖钗钏，只待献香醪”。

抗战时代的艰难使很多人想起杜甫，也让冯至这位现代诗人和杜甫走到了一起。为什么倾心于杜甫？冯至告诉我们：一是因为“一遇变乱，人民所蒙受的痛苦与杜甫的时代并没有多少不同……我们需要杜甫，有如需要一个朋友替我们陈述痛苦一般。”二是因为“对待艰难，敷衍蒙混固然没有用，超然与洒脱也是一样没有用，只有执着的精神才能克服它。这种精神，正是我们目前迫切需要的。”(《杜甫和我们的时代》) 冯至说，关注人间的病苦，用坚定执着的精神去克服艰难，这就是我们要向杜甫学习的东西。

冯至在抗战中开始研读杜甫，从 1947 年起开始写作《杜甫传》，当时他的身份是著名现代诗人和德国文学教授。但他在这本书里，充分保持了对一位古典诗人的虔诚和传统学术的谨严。他在《前记》中说：“作者写这部传记，力求每句话都有它的根据，不违背历史。由于史料的缺乏，空白的地方只好任它空白，不敢用个人的想象加以渲染。”这就是有一分材料说一分话，这种谨严可以保证作品本身的可信性。

但是这里会遇到一个困难：古代留存的关于杜甫生平的史料非常之少，而仅有的那些还不尽可信。幸好另有一个便利条件：杜甫的诗歌大量记述了自己的生活经历和他所经历的社会变化，而由于他对国家与社会的深切关怀，这两条线索几乎是完全交织在一起的。杜甫的诗古人称为“诗史”，这同时是社会政治史和个人生活史。

所以，一部《杜甫传》的基础材料就是杜诗。写作的过程，首先是对杜诗的充分解读，在这个基础上，把诗歌与其他各种史料加以比照，剥茧抽丝，去伪存真，探幽索微，写貌传神。虽然前人在杜诗的系年、探源与阐释方面做了大量的工作，冯至使用的仇兆鳌的《杜少陵集详注》，也被誉为集大成之作，但每一个关键问题乃至相关细节的解析，都灌注了作者敏锐的感受与深入的思考。

如此，一些现代诗人在精神上追随了一位古代诗人的生命历程。这是大唐王朝从全盛走向全面崩溃的时代，它壮丽辉煌而又充满苦难；这是一位天才的诗人，他把个人的忧伤、民族的苦难转化为泣血的诗篇，而在诉说苦难时，他仍然告知我们大地之美，人心之美。一个诗人把另一个诗人写出来了。都是因为爱，因为语言与生命的相融，他们创造了美。

杜甫研究是一个世界范围的课题，所以总会有新的成就。在传记领域，本书问世之后，朱东润师的《杜甫叙论》出版于 1981 年，陈贻焮先生的《杜甫评传》三卷出版于 1985 年至 1988 年，莫砺锋先生的《杜甫评传》出版于 1993 年。洪业先生用英文写成的《杜甫：中国最伟大的诗人》问世早，1952 年就由哈佛大学出版社印行，但至 2020 年才译为中文在国内出版。这些都是名家的力作，当然都有各自的创获。但冯至先生的这本书，不仅因为是开创之作而受人尊重，其本身的学术与文学价值也依然存在，并为许多读者喜爱。我自己在撰写《中国文学史》关于杜甫的一章时，就采纳了冯至先生的一些见解。

古典文学的修养对冯至的新诗创作当然是有作用的。譬如我很喜欢的《我是一条小河》这首诗，显然是从五代牛希济词“记得绿罗裙，处处怜芳草”两句脱化而来，“我流过一座森林 / 柔波便荡荡地 / 把那些碧翠的叶影儿 / 裁剪成你的裙裳”，风光旖旎。杜甫对冯至的影响要更深一层。他在西南联大时期完成的《十四行集》名动一时，也代表了其诗风的转变。而那也正是他对杜甫发生浓厚兴趣、准备写《杜甫传》的时期。杜诗深沉、凝练、精丽和注重声律的特点，对那一部分诗作的影响是可以感受的。冯至也多次以十四行诗向杜甫致敬，我们在此谨录一节，作为结束：

你的贫穷在闪烁发光
像一件圣者的衣裳，
就是一丝一缕在人间
也有无穷的神的力量。
一切冠盖在它的光前，
只照出来可怜的形象。

（冯至《杜甫传》，上海译文出版社，2024 年）

《美的历程》导读

在中国，20 世纪 80 年代尤其是前半期，曾经给年轻人带来很多的快乐。从多年的荒诞、蒙昧和高压环境中挣脱出来，改革开放的前景已经明了，新的重大矛盾则尚未露头，高层政治与民间意愿表现出和谐一致，历史的天空如此明朗，简直是个奇迹。虽说“文革”刚结束，生活单调，物质贫乏，但人人都憧憬未来，充满希望，怀有激情。那几年经过努力得以进入大学的本科生和研究生，无不意气风发、踌躇满志，自觉站立在历史的潮头；而即使是校园之外的年轻人，也不乏对思想的渴望。

但他们立刻面临一种困境。在过去几十年中，所谓“左”的极端化思潮日益强化，最后演为不可思议的荒诞，它侵蚀了整个社会的认知方式、价值尺度，乃至话语系统。语言远不止是思想的工具，它就是人类存在的方式。而 80 年代的年轻人，即使是其中的佼佼者，都没有完成系统的教育；在抑制的状态下冒险求知的过程，或许有利于培养敏锐的感受，但人类文化的宏大、深邃与巨大的包容性，与他们终究隔远。巨大的无知伴随思想的混乱、语言的贫乏，令人深感痛苦。当时的年轻人虽力图挣脱这一思想—语言之网，像黑洞一般不加选择地吸纳遭遇到的一切知识，但在流行的陈词滥调之外如何清理和表述自己，依旧是个困难。

李泽厚就在这种情况下出现在历史转变的关口，他携带的一本薄薄的小书——《美的历程》，也成为80年代历史的标志。

回溯历史，我们当然知道特定年代的荒唐并不能淹没一切。在十年动乱中，仍然有保持清醒的思考并且从事着文字撰述的知识分子，在新时代到来时，他们便成为思想文化变革的引领者。而李泽厚在其中更具有各种优越条件，因而成为最具影响力的青年导师。他于1950年考入北京大学，是在新时代成长起来的知识分子。比之老一辈学者，他更懂得如何把握新的意识形态理论，而在同龄人中，李泽厚则是才华卓杰，成名之早罕有其匹。这样到了80年代，李泽厚正当壮年，思想经过深度磨炼，力大气雄，非同小可。

李泽厚在“文革”后很快接连出版了一系列的著作，而且大多是在学术研究的框架下关涉中国现实问题的发言。1979年出版的《批判哲学的批判——康德述评》和《中国近代思想史论》，1981年出版的《美的历程》，1987年出版的《中国现代思想史论》，以及许多单篇文章，都提出了非常重要的观点，连续地在社会中造成了震动。诸如“主体性哲学”“心理—积淀”“启蒙与救亡的双重变奏”等多种命题，引发了长期的关注和讨论。李泽厚的论著不仅意味着中国学术的复苏，也给因为困惑和失语而焦躁不安的年轻人带来兴奋，为他们开掘了新的思想源泉，提供了既非过于陌生、不可理解而又富于新鲜气息的理论思维，还提供了一系列内涵丰富、便于展开而又简洁明白的语词概念。许多人从李泽厚那里开始了寻找自己的路。

在这一系列论著中，《美的历程》流传最广、影响最大。在十年光景中，《美的历程》印了八次，其总量，保守的估计是超过一百万册，是那时最畅销的书之一。在 80 年代，至少文科大学生、研究生，如果说没有读过这本书，会令人感到不可思议。

随意可以找到很多例子。譬如李辉表示，他在复旦读书时看到《美的历程》，只觉“横空出世、令人爱不释手”，堪称一本“惊艳之书”。赵士林回忆，“读《美的历程》给我的感受是整个精神世界的震撼，一种酣畅淋漓的审美享受……那个思想的冲撞，那个激动，到现在我想起来还历历在目”。彭富春说：“当时形成模仿李泽厚《美的历程》的时尚，很多人写文章都喜欢用他那种文体，他那种语调，乃至他那种修辞风格。”还有易中天，说他也是“读李泽厚长大的一代”中之一员——这几位后来都是学术与文化界的活跃人物。加上一句的话，我虽然不如上述几位，但在深受李泽厚影响、喜爱《美的历程》这一点上，跟他们是一样的。

《美的历程》何以会有这么大的影响，以至可以视为 80 年代文化的标志？这有好几个方面的原因。

首先，这和 80 年代初的“美学热”有关。美学在西方被列为哲学的分支，是少数专门家的事业，在中国却一度成为时髦，也是很奇特的事情。这是因为，那时在中国讨论哲学有非常大的困难；哲学涉及“世界观”，讲究“党性”，有一套不可动摇的基本术语，诸如“唯物”还是“唯心”，属于“辩证法”还是“形而上学”，等等，它的自由空间很小。而“美学”不入“哲学”的正殿，像是一处别园，既可以回避很多禁忌和堂皇的套语，又可以从侧面进入，讨论一系列人们真正关心的问题：共通的人性，个性自由，情感经验，艺术趣味，等等。美学成为自由运用智力的游戏场所，成了思想解放的边门，那里没有守门员。

而从李泽厚来说，他在 1956 年大学毕业不久，就参与了具有全国影响的美学大讨论，并且在理论上独树一帜，引人瞩目。到了 20 世纪 80 年代美学热再度兴起，他就当之无愧地成为领军人物。李泽厚主持了大规模的国外美学著作翻译引进工作，又联合刘纲纪主编了《中国美学史》。带有札记风格的《美的历程》便是这一过程中的产物。也许在作者看来，它原本更像是一个副产品。

还有一个因素是 80 年代的文学艺术热潮。偌大中国，差不多十亿人口，刚刚经历过仅有几个“样板戏”、一二部小说可供合法观览的文艺沙漠化时代。在日常生活中，粗粝、蛮横、愚昧，都成为可供夸耀的品质，女孩子想要打扮得漂亮一点，也几乎是可耻的念头。而一旦进入改革开放的年代，人们不但渴望思想的满足，更有热烈的感性需求。朦胧诗吟唱着年轻人莫名的孤独和忧伤，流行音乐、时尚服装、电影纷至沓来。美首先不是学术，是生活，是生命的渴望。这时候，人们看到了李泽厚对整个中国艺术史的回顾，它有动人的名字——《美的历程》。

《美的历程》应该算是什么性质的著作？李泽厚本人的回答是说不清："专论？通史？散文？札记？都是，又都不是。"如果一定要给出一个解说，我想也许可以这样说：这是一部带有札记风格、偏重审美趣味的中国艺术简史。它用十余万字的规模，以"美"即不同时代的审美趣味之变化为主脉，将器物、文学、音乐、书画、建筑、雕塑等不同领域打通，从史前文化开始，到商周、楚汉、魏晋、唐、宋元、明清，在每个朝代选择最具有代表性的艺术创作加以介绍及评说，引导读者对源远流长的中华艺术史进行了一次简略而完整的巡游。

回顾我们最初读《美的历程》的时候，是什么东西带来最初的冲击？是那个时代的年轻人完全无从想象的新异。它不是一处两处的耀斑，而是层浪叠涌，目不暇给，犹如"惊涛拍岸，卷起千堆雪"。事实上，《美的历程》远不只超越了"文革"期间学术文化的枯瘠与荒诞，还摆脱了50年代以来这一领域内由于意识形态极端化而造成得越来越严重的偏执与教条。唯因如此，它才能以一种健旺而宏丽的面貌展开。它的很多说法，是我们当时在国内各种书籍中都难以看到的。

作者告诉我们：巫术礼仪的图腾形象，逐渐简化和抽象化成为纯形式的几何图案（符号），被描画在陶器上；而青铜器上的饕餮，这种变形的、幻想的、可怖的动物形象，呈现出神秘的威力和狞厉的美，这也是由写实到符号化。这种由内容到形式的积淀过程，正是美作为“有意味的形式”的原始形成过程。李泽厚在证明他早期持有的一个重要观点：美源于生活实践。但这一次他巧妙地融合和改造了西方学者关于美是“有意味的形式”的理论，论证层次丰富而且动人。

汉代大赋堆垛辞藻，竭尽铺陈与夸耀，在文学史上久已被指斥为空洞的形式主义，它的使命就是等被抒情小赋取代。但是李泽厚说：汉赋虽然十分繁琐，然而它对宇宙间万事万物的描摹，如江山之雄伟、城市之繁盛、商业之发达、物产之丰饶等，体现出艺术家们极力地想要展示出一个繁荣富强、充满活力自信、对现实具有浓厚兴趣与喜爱的世界图景。魏晋士族文学的消沉颓废，不应该被赞美吧，李泽厚却看到士人对于人生的思考、对于生命之短促的体会；而且，在表面看来似乎是如此颓废、悲观、消极的感叹中，深藏着的恰恰是它的反面，是对人生、生命、命运、生活的强烈的欲求和留恋。盛唐之音，青春蓬勃，固然是美；明代唐伯虎浅薄庸俗，如“如乞儿唱莲花落”的歌诗，却也“体现那个浪漫时代的心意，那种要求自由地表达愿望、抒发情感、描写和肯定日常世俗生活的近代呼声”……

无须举更多的例子。简要地说，人们从《美的历程》中，第一次感受到“美”是如此丰富多变；人们第一次尝试去理解，完全不同的生活态度与人生境遇，都可能涵化各自的美感。由此，人们也能认识到：极端的意识形态，不仅剥夺思想，也剥夺感性，剥夺个体生命的自由与创造精神。

李泽厚有一个长处：他善于吸取各种不同的思想观点，加以一定的折衷和补充，将之容纳到自己的思想系统中去。我们现在再读《美的历程》，能够看到当初它令我们大为惊愕，其实跟我们受制于环境而见识短浅有关，书中的见解并不全是作者的戛戛独造。李泽厚吸收了什么、借鉴了什么，现在不难找到相关的材料。但这绝不构成轻视这部名作的理由；恰恰相反，面向世界，视野宏阔，广览博取，自成一家，正是它能够成为80年代文化标志的条件。

《美的历程》当初受到年轻人热烈的喜爱，还因为它显示了作者的才情与智慧，这是那个洋溢着浪漫气氛的年代，年轻人格外追慕的东西。

李泽厚具有诗人气质也富于文采，但因为他长期从事哲学研究，写作则偏重逻辑分析，这一点很容易被人忽视。而《美的历程》成为一个例外。因为它写作的动机就不是始于完整的理论构思，又以有限的篇幅笼盖极大的历史范围和多个领域，所以不可能展开多角度多层次的论析。而写作带有札记意味，文笔相对自由，受到抑制的才气终于得到一个横溢旁出的机会。全书大处着眼，小处着手，提纲挈领，要言不烦，高屋建瓴，势如破竹。书名好，各章的标题也足以迷人：龙飞凤舞、青铜饕餮、魏晋风度、盛唐之音，有情致也有气势。理论新颖、观点卓异，我们说过了；漂亮的文字随处可见，令书中时常飘闪唯美和抒情光泽，再加上论断自信而明快，那真叫“扣人心弦、声声作响”啊！譬如他说到北魏的佛像雕塑：“特别是麦积山成熟期的秀骨清像、长脸细颈、衣褶繁复而飘动，那种神情奕奕、飘逸自得，似乎去尽人间烟火气的风度，形成了中国雕塑艺术的理想美的高峰。人们把希望、美好、理想都集中地寄托在它身上。它是包含各种潜在的精神可能性的神，内容宽泛而不定。它并不显示出仁爱、慈祥、关怀等神情，它所表现的恰好是对世间一切的完全超脱。尽管身体前倾，目光下视，但对人世似乎并不关怀或动心。相反，它以对人世现实的轻视和淡漠，以洞察一切的睿智的微笑为特征，并且就在那惊恐、阴冷、血肉淋漓的四周壁画的悲惨世界中，显示出它的宁静、高超和飘逸。”漂亮的文字，复杂的内涵，情感传递的力量，非大手笔不能。

李泽厚并不把《美的历程》视为自己的代表作，作为具有国际影响力的哲学家，他有自己的理由。但这并不妨碍我们将它视为 80 年代文化的标志。因为《美的历程》真正代表着那个时代尤其是年轻人的理性与感性，激情与理想，对美和自由的渴望。

八十年过去了。有一次李泽厚接受采访，说到这个话题，他淡淡地说了三个字："过去了。"一切都会过去。但人们的一切努力和追求，并不会消失在历史中。我想，现在的年轻人打开这本《美的历程》，仍然会感受到它的光彩。

（李泽厚《美的历程》，岳麓书社，2024 年）

《晚明二十家小品》序

我记得见过施蛰存先生一次。大概是 20 世纪 80 年代末，在华师大一个小型的会议上。施先生没说什么话，所以留下的印象很浅。依稀的感觉，是一种清癯静寞，颇有文人气的样子。友人赵昌平是施门弟子，他跟我们说起施先生，则是对晚辈很亲切的人。那是另一种场合了。

后来一家出版社印行施先生的《唐诗百话》，拉了我陪同孙康宜先生作为这本书的“推荐人”。其实我哪有什么资格谈论施先生的长短，但我也实在喜欢这本书，冒昧地就答应了。读《唐诗百话》是非常愉快的事情，深厚的学养，从容的态度，清爽的笔调，是真的了悟诗中三昧。他说王维那首以“大漠孤烟直，长河落日圆”而脍炙人口的《使至塞上》，其实从全诗来看有许多毛病，说得平淡而切实，对王维他也很自信。

施先生的《晚明二十家小品》编成于 1935 年春。它的背景，首先是周作人论“新文学的源流”，追溯至晚明文学，尤其小品散文。他说：“现今的散文小品并非五四以后的新出产品，实在是‘古已有之’，不过现今重新发达起来罢了。由板桥、冬心溯而上之，这班明朝文人再上连东坡、山谷等，似可编出一本文选，也即为散文小品的源流材料。”（1926 年《与俞平伯书》）继而是到了 30 年代初，林语堂等人在上海创办《论语》《人间世》《宇宙风》等刊物，倡导重幽默、性灵的文学趣味和最宜表现此种趣味的小品文，由此形成了一种风潮，以至有“小品文年”（指 1934 年）之说。在此背景下，出现了多种晚明小品的选本。施蛰存先生的《晚明二十家小品》，就是其中最为著名的一种。

“小品”原是佛家用语，指大部佛经的略本，明后期才普遍用来指一般文章。明人所谓“小品”，并不专指某一特定的文体，尺牍、游记、传记、日记、序跋等均可包容在内，有时更为泛杂的情况也有。追究这一概念的提出，与性灵说有密切关系，主要是为了区别于以往人们所看重的关乎国家政典、理学精义之类的“高文大册”，而提倡一种灵便鲜活、真情流露的新格调的散文。前代散文中最为晚明文人推崇的，一是《世说新语》，一是苏轼的抒情短文，从中可以看出他们的兴趣所在。袁中道《答蔡观察元履》文说：

近阅陶周望祭酒集，选者以文家三尺绳之，皆其庄严整栗之撰，而尽去其有风韵者。不知率尔无意之作，更是神情所寄。往往可传者，托不必传者以传，以不必传者易于取姿，炙人口而快人目。班、马作史，妙得此法。今东坡之可爱者，多其小文小说，其高文大册，人固不深爱也。使尽去之，而独存其高文大册，岂复有坡公哉！

……偶检平倩及中郎诸公小札戏墨，皆极其妙。石篑所作有游山记及尺牍，向时相寄者，今都不在集中，甚可惜。后有别集未可知也。此等慧人，从灵液中流出片言只字，皆具三昧，但恨不多，岂可复加淘汰，使之不复存于世哉！

文中对苏轼两类散文的褒贬，最能显示与传统评价标准的区别。这里虽没有标出“小品”的名目，但袁中道用以与“高文大册”相对立的“小文小说”“小札戏墨”，以及关于这一类文章的特点的解说，基本上已点明了小品概念的内涵。大致晚明人所说的“小品”，其体制通常比较短小，文字喜好轻灵、隽永，多表现活泼新鲜的生活感受，属于议论的文章，也避免从正面论说严肃的道理，而偏重于思想的机智，讲究情绪、韵致，有不少带有诙谐的特点。还有，袁中道所说“托不必传者以传”——作者并不着意于传世不朽，作品却以其艺术价值得以传世，也从写作态度上说明了小品的特点。

在晚明同时推行的诗文变革中，小品文能够取得较大的成功，原因主要有两点：其一，诗歌具有特殊的语言表现形式，它要从古典传统中脱离出来必须以形式的变革为前提，而散文在形式上所受束缚较小，旧有的文体也很容易用来作自由的抒写；其二，在以前的文学中，诗歌作为一种抒情艺术已经取得了很大成就，再要有重大突破是不容易的，散文由于更具有实用价值，以往受“载道”文学观的影响也更大，所以当它向“性灵”一面偏转时，容易显现出新鲜的面目。

虽然，可以归为“小品”的文篇可以追溯到很早，有人甚至认为记录孔子言行的《论语》中，某些章节也符合“小品”的特征，但人们仍然习惯把“小品”和“晚明”联系在一起。这不仅因为晚明才是小品文大盛的时代，更因为晚明小品的流行，反映了在中国历史变化的过程中，追求个性解放、个人自由，尊重个人独特创造的思潮所引导的文学变革。正是在这个意义上，把属于“古典”的晚明小品与“五四”新文学相互贯通，具有它内在的合理性。

晚明小品的选本，亦是“古已有之”。刊行于崇祯六年的陆云龙等辑《皇明十六家小品》，选徐渭、屠隆、李维桢、董其昌、汤显祖、虞淳熙、黄汝亨、王思任、钟惺、袁宏道、文翔凤、曹学佺、张鼐、陈仁锡、陈继儒、袁中道十六家文章，加以评点。此书以“皇明”标目，理应以全明为范围，实际所选，几乎全是晚明人物。这正表明小品是晚明文学的标识。

施先生《晚明二十家小品》所选，与陆云龙所选相重的有十四家，而这十四家又正是最重要的作家。所以，两书之间，具有一定的沿承关系。或者换一句话说，我们可以把这两书的选定范围，视为古今对晚明小品代表性作家的两度确认。而两书中均无张岱，则属另一种情况：从陆云龙的时代来说，张氏最有代表性的《陶庵梦忆》《西湖梦寻》根本还没有写出来，而在施蛰存的时代，却已是印行甚广而易得，不必入选本了。

明人所说的“小品”，虽然有偏重情趣的倾向，但实际运用的时候，范围仍过于宽泛，包容过于庞杂。20 世纪 30 年代文人重新关注晚明小品时，在这方面有所厘清。大要而言，就是把范围界定为具有艺术性的散文。施先生在本书序言中谈选文的标准，提出“风趣”和“隽永有味”，就是这种界定方法的体现。

选本有多重作用。在 30 年代，普通读者很难接触到大量的古籍；就是有机会接触，也未必有精力做广泛的阅读。因此选本为读者提供了在某个特定范围内了解文学精华的方便。但这有个前提，就是编选者要有好的眼光，能够作出精准的判断。而施先生正是以文学涵养与文学趣味见长。他在序中说：“故此集二十卷，实已撷取数十种明人文集全书之精英”，是可以信赖的。

不妨拿我自身的阅读经验来验证：我早年写过《徐文长评传》，对徐渭的作品说得上熟悉。而施先生所选，几乎每一篇都是我当初读全集时感受很深的。下面录一篇短小的尺牍，《与马策之》：

发白齿摇矣，犹把一寸毛锥，走数千里道，营营一冷坑上，此与老牯踉跄以耕，拽犁不动，而泪渍肩疮者何异？噫，可悲也！每至菱笋候，必兀坐神驰，而尤摇摇者，策之之所也。厨书幸为好收藏，归而尚健，当与吾子读之也。

这是徐渭晚年在宣府做幕僚时寄给门人的短札，文字随意而精警，极生动传神地写出了他在落魄生涯中的悲苦心境，同时也显示出不甘寄人篱下的个性。这正是晚明小品之先声。

当我们谈论晚明小品在文学史上的价值时，又不能不注意到另一方面的问题，就是在当时社会环境中，个性舒张的要求得不到满足，个人与社会的正面对抗又足以导致危险，这使晚明文人把精神转托于山水与日常生活的情趣，因而在小品中产生大量的也是占主导地位的自我赏识、流连光景之作。这里渗透了对现实紧张、不敢正视的无奈，是不言而喻的。

而20世纪30年代的“小品文热”，也面临着相似的情况。1932年，一·二八事变在上海爆发，日本侵略的凶焰步步进逼，而国内各种政治力量的冲突此起彼伏，也是十分激烈。在这样的背景下，也是以上海为中心并主要依托租界形成的“小品文热”，倡导幽默、闲适的情趣，难免令人产生不知今夕何夕之感。所以鲁迅对这一风潮提出了尖锐的批评。1933年10月发表于《现代》杂志的《小品文的危机》一文，把当时林语堂诸人提倡的专写“性灵”的小品文比作士大夫的

“清玩”，认为这类文字会“将粗犷的人心，磨得渐渐的平滑”，而呼吁“生存的小品文，必须是匕首，是投枪”。这是从完全不同的视角评价小品文。

这也是我们理解施蛰存先生《晚明二十家小品》需要注意的背景。正是在 1933 年，因为施蛰存向青年学生推荐《庄子》与《文选》，遭到鲁迅批评，当时年轻而气盛的施蛰存不服，反言讥刺，二人的笔战持续了两年之久；而“小品文热”被鲁迅呵斥，缘由也很相近。所以施蛰存当然会有所回应。序文中说：“……而一味以冷嘲热讽为攻击之资的情形，正与三百年后的今日一般无二”，这明显就是说鲁迅吧。

但施蛰存对鲁迅的回应并非都是消极的。他称赞小品文的作家“是一群正统文学的叛徒”，就是强调他们原不乏斗争的一面；他说明自己在选文时，也特意注意把体现“明人的风骨”的文字收缀进去，也避免让人误以为晚明小品全是闲逸软滑之作。这和鲁迅所倡导的斗争精神，又有一致之处了。

顺带也值得一提的是：发表鲁迅《小品文的危机》一文的《现代》杂志，主编正是施蛰存。

历史上发生过的事情，都有当日具体的背景和原因。我们需要了解这些，也需要懂得事过境迁之后，以一种平静、客观的眼光看待一切。像晚明小品在文学史上的价值，施蛰存先生《晚明二十家小品》的优长，都是容易确认的。

当年施先生编选这本书，时间和资料条件都不是很充分，所以作为附录的《诸家小传》比较简陋，选篇中个别文字的标点，亦有重加斟酌的必要。因为要保持历史文献的原貌，似不宜多加改动，这方面的问题，读者可以注意一下。

（施蛰存《晚明二十家小品》，上海人民出版社，2023年）

《百年文人》序

2013年8月，梁由之来沪参加书展，住茂名南路锦江饭店，我去看他。这是我们第一次见面，彼此投缘，聊得很开心。

由之从小喜欢阅读，却迟至2005年才开始尝试舞文弄墨。首篇《一份书单》，开列、评价了二十多种中外书籍，在网络广为流布。当时即有学生转给我看，因为我的《近二十年文化热点人物述评》被他青眼相中。后来，他又将该书引言选入《百年文萃》。

我由此对由之多有关注。他撰著和编选的书，大抵不同凡响，引人注目，遂以独行侠的风格扬名于读书人的圈子。其中商务印书馆2012年出版的三卷本《梦想与路径：1911—2011百年文萃》，无疑是个高峰。朱正先生在序中给予高度评价，称其不仅穷力取材，“100年来的主要报刊，几乎被搜罗殆尽”，其作者简介和简要述评，亦能“臧否月旦，极为审慎精当，精彩纷呈”。

2019年初夏，由之来复旦，与葛剑雄老师和我餐叙。席间他说，打算编一套全景式的《百年文人》，与《百年文萃》遥相呼应，体例同中求异，篇幅更大，纵横百年，广涉文史，相信能够给读者带来更为丰富的阅读乐趣和更深邃的思维空间。这真是一个雄心勃勃又热气腾腾的计划。我乐观其成，对由之提出为此书作序的要求，也冒昧地答应下来。

接下来是三年疫情，生活好像被封闭了，很多工作停顿下来。想不到几个月前，由之却来信告知全书已大致完成，并发来全书总目录和第二卷的全部内容。我粗粗看过，思前想后，感慨不已。斯人斯役，此时此地，谈何容易！

我承担了写序的责任，却没有想好怎样去写。《百年文人》和在前的《百年文萃》一样，话题宏大，它引发的感想浩无边际。我翻着由之编成的书和文稿，参读相关的文史资料，居然写成一篇万言的读书札记。那么，就用它充当《百年文人》的序吧。

一

民国三年（1914）秋，袁世凯的皇帝梦渐渐发热之时，他特意聘请来的国史馆馆长王闿运提出辞呈。这一封辞呈名目很长：“呈为帷薄不修妇女干政无益史馆有玷官箴应行自请处分祈罢免本兼各职事。”他陈述辞职的原因：一、本人私生活不检点。不检的对象是谁呢？后文有说明，乃是家中老妈子周妈。二、因为自己私生活不检点，导致“妇女干政”。可是王闿运的国史馆馆长只是个虚名，并无实“政”，大字不识的周妈又如何“干”国史馆之“政”的呢？下文也有说明，原来是周妈“遇事招摇，可恶已极”——似乎是到处炫耀她跟国史馆馆长上过床。三、因此“有玷官箴”，玷污了官员应遵循的法纪。四、所以自请处分，辞去一切职务。

王闿运在当年三月才出任国史馆馆长，是他的学生杨度请他出山为袁世凯站台，半年有余，这位圆滑老人四顾风云，暗占时运，断然抽身而去。以“名位”而论，皇帝何等神圣，国史馆馆长何等严肃，王闿运一封辞呈，却夹了一个他跟老妈子“帷薄不修”的滑稽故事进去。这一场玩世不恭的表演，给袁世凯称帝的喜剧渲染出一种荒诞的气氛。

王闿运是一个典型的旧式文人，他作诗论诗，讲说经学，都有名望，而最令人感兴趣的，是他的所谓“帝王之学”。杨度挽联中，“生平帝王学，只今颠沛愧师承”一句，便是说他们师徒以此为传承。

“帝王学”是暗学问，说起来很神秘，究其要，不过两端。一是指导帝王运用谋略，控制权力、驾驭臣下；一是辅佐“非常之人”趁时而起，成就大业。后者乃乱世之事，惊险而紧张，尤为智者所喜。

王闿运试图操弄高层政治的举动，在其子王代功《湘绮府君年谱》中有一项记载：咸丰帝去世后，同治帝年幼，王氏致书曾国藩，劝他凭借自己所掌控的兵权和对太平天国作战所建树的威望，干预朝政，推举恭亲王当政，阻止慈禧掌权。还有一种传说更为有名，就是当湘军攻克太平天国天京之后，曾国藩威名大振，王闿运曾劝曾国藩叛清自立。这一传说没有确切的史料可以证明，但以当时国情的势态和王闿运的性情来说，这种可能性是存在的。而在这一传说背后，包含中国历史的一个深重的隐患：清人入关三百年，为了实现人口比率极为悬殊的少数民族对多数民族的统治，始终以强化专制为基本手段，满汉民族矛盾的问题始终得不到解决。当中国被卷入世界格局而必须做出应变时，它会成为严重牵绊中国前进步伐的死结。也正因如此，曾国藩被很多人看成一个希望。

那么，为什么袁世凯想要称帝，站在前台充当吹鼓手的又是王闿运的得意弟子杨度，他只觉得滑稽可笑呢？这是因为经过新思想与新文化的传播，经过辛亥革命，真正的民主政治虽然为期尚远，但尊重民意的意识，已经为全社会普遍接受。而帝制和民国，权力基础及合法性的解释完全不同。袁世凯想做皇帝，却拿“民意”做幌子，好像他是被“民意”之潮推向皇帝宝座的。王闿运在写给杨度的信中，便这样质问：“欲改专制，而仍循民意，此何理哉？”“既不便民国，何民意之足贵？”又更明确地说：“总统系民立公仆，不可使仆为帝也。”使仆为帝，那跟周妈干政也相去不远了。

与王闿运相比，严复可以说完全是一个新式的文人。康有为称赞严复是“精通西学第一人”，梁启超、胡适也都有类似的评价。在近现代中国思想文化的发展过程中，严复享有崇高的荣誉。

严复于1877年由福州船政学堂选派去英国学习海军。他敏锐而多思，于课业外，广泛接触英国社会各方面民情物状，了解现代科技与思想文化，探察现代化社会的结构与运作原理，因此日后能够以明快而清晰的语言，为国人进行西学启蒙，促使古老的中国社会与世界文明沟通。

1895年中国在甲午战争中大败，国势危急，民情悲愤，严复接连发表了一系列鼓吹变法维新的文章，而尤以《论世变之亟》为震撼人心。文中尖锐抨击专制制度抑制思想，笼络人心，破坏民智。而分析中西社会之区别，要在“自由不自由异耳”。严氏谓：“夫自由一言，真中国历古圣贤之所深畏，而从未尝立以为教者也。”因为对自由的认识不同，于是有种种差异，如“中国最重三纲，而西人首明平等；中国亲亲，而西人尚贤；中国以孝治天下，而西人以公治天下；中国尊主，而西人隆民……”议论之明快，非时人所能及。

严复对中国近代思想最大的影响，在于他有选择而又较为系统地翻译了一系列西方思想著作：亚当·斯密的《原富》、斯宾塞的《群学肄言》、约翰·穆勒的《群己权界论》和《名学》、甄克斯的《社会通诠》、孟德斯鸠的《法意》等，而尤为著名的，是赫胥黎的《天演论》。《天演论》在西方学术史上的地位原来并不是很高，但严复归纳出“物竞天择，适者生存”的观点，却重重撞击了中国文化人在亡国亡种危机中焦虑的心灵。严复激起的波澜，撼动了整整一个时代。

所以，严复成为支持袁世凯称帝的所谓“筹安会”的成员，就令人感到惊异。虽然，严复在“筹安会”只是署了一个名，并不积极参与活动，但在所谓“六君子”中，他的名望最高。

为严复辩护的人说他列名“筹安会”是被胁迫的结果，这恐怕也过于小看了严复。实际上，在社会变革方面，严复始终持保守的观念，反对激进的革命。1905 年，严复重访英伦，其间孙中山特地拜访了他，两人对中国问题的看法明显对立。严复认为中国的根本问题在教育，在于开发民智，增进民德，而革命并非当务之急。如果教育这一根本问题不解决，“以中国民品之劣，民智之卑，即有改革，害之除于甲者将见于乙，泯于丙者将发之于丁”。简单说，以中国的条件，改革者取代了被改革者，却会继承对方的所有弊病。因为这些弊病是深深植根于整个社会土壤之中的。况且，在严复看来，那些革命者自身的品格也并不可信，“今日政府未必如桀，革党未必如汤，吾何能遽去哉！”“革命”最著名的典故出处是“汤武革命”，你又不是那个汤，怎么能够指望！

严复做了许多看起来很可笑的事情。他为清朝写了第一首国歌，当然也是中国第一首国歌。歌词中“帝国苍穹保，天高高，海滔滔”数句，明显是模仿“上帝保佑美利坚”。但是这首国歌颁布几天后，武昌起义枪声响起，一切都迟了。他为袁世凯称帝助威，后来被侮辱性地画成袁家的走狗，刊登在天津的报纸上。

但是严复的保守，不是因为迂腐固执，也不是像“满清”权贵那样纯粹为了自身的利益。作为深刻了解中国社会也深刻理解西方制度与文化的思想者，至少在他看来，保守缓进对于中国而言是恰当的选择。中国没有实行西方制度的条件：“西人一切之法度，悉取而立于吾国之中，将名同实殊，无补存亡，而徒为彼族之所腾笑。”

一直到现在，仍然有人感慨，清末的中国为何不能通过君主立宪之类保守改良的方式来寻求社会的进步，但其实是在历史的劫运里，中国完全没有那样的机会。1905 年 9 月，慈禧委派五大臣出洋考察，意图为立宪做准备，在正阳门火车站登车后被革命党人吴樾投炸弹刺杀，致一人受伤，行程搁置。革命党人的目的，就是不给清廷借立宪之名延长国祚的机会。

二

“革命”在古汉语系统中意思很简单，就是“天命革易”，就是改朝换代。近代它被用为西语 revolution 的译名，其意义变得复杂起来。简要而言，它意味着政治与社会制度的根本性变革，代表权力更迭；同时革命也被认为体现了历史进步。并且，正像“革命不是请客吃饭”这句名言所表达的，它在中国社会环境中不言而喻地呈现出暴力色彩。在“改革开放”这个词语出现以前很长的年代里，“革命”是具有统治力的核心话语。

但在不同的时代、在不同的人群中，对“革命”的理解也是纷繁多异的。譬如孙中山是公认的革命党魁首，他早期最重要的革命口号，就是朱元璋很早使用过的“驱逐鞑虏，恢复中华”八个字；南京临时政府成立的仪式上，挂着一张大幅的朱元璋头像——那个头像很难看。

蔡元培早期也是著名的职业革命家。这位拥有很高的功名，中过进士、点过翰林的读书人，不仅参与发起了光复会并任会长，还曾亲自筹办了一所培养暗杀人才的学校——爱国女学。

爱国女学成立于1902年冬。这里首先是一个革命者的活动场所。蔡元培《自写年谱》中写道，他任女学校长时，将此地“作为革命党通讯与会谈的地点。”陶成章、徐锡麟、黄兴、秋瑾等人均曾来往于此。这些人都是热衷于暗杀的。蔡元培同样热衷于暗杀，《我在教育界的经验》说他当时的看法，“革命只有两途：一是暴动，一是暗杀。在爱国学社中竭力助成军事训练，算是埋下暴动的种子。又以暗杀于女子更为相宜，于爱国女学，预备下暗杀的种子”。为什么“暗杀于女子更为相宜”呢？不外乎旧时权贵皆为男性，而多有贪色之病，可以利用。所以蔡先生的“革命”，气息难免冷酷。

民国初年蔡元培最著名的经历是担任北大校长，主张“思想自由，兼容并包”，为新文化、新思想的传播开拓了道路。他委任激进的革命党人陈独秀担任文科学长，聘请了胡适、周树人、周作人，使得北大成为“五四”新文化运动的中心。

如果说国民党最初的“革命”，除了推翻清廷、推翻君主制度是一明确的目标，而其他方面则颇多暧昧，那么，由苏联人推动的国民党改组，使这个党在“联共、联俄、扶助农工”的三大政策下，“革命”的色彩变得清晰起来。

苏联人策划改组了国民党，指导筹建了共产党。鲍罗廷受其国家派遣，在共产党一边，他是共产国际驻华代表；在国民党一边，他是苏联政府驻国民政府代表。苏联人当然有他们的“革命”意识形态，但作为俄罗斯帝国的继承人，他们当然也需要把中国放在自己的利益格局中思考。苏联人以他们所需要的方式，深刻影响了 20 世纪早期中国革命的浪潮。

对国民党来说，接受苏联的指导和资助，最大的利益是通过开办黄埔军校培育了自己的军队，这是发动北伐战争、夺取政权的基础。

但国民党人不可能无保留地在苏联人指导下展开“革命”。张学良回忆，孙中山对他说起苏联和日本，称之为“红白两帝国”，把两者放在相近似的位置上看待。事实上，孙中山革命，最初也曾谋求日本人的支持和资助，不得已才转向苏联。

所以，孙中山去世后，当中国革命在共产党和一部分国民党左派的引导下形成轰轰烈烈的工农运动，严重冲击中国传统社会的基本结构时，国民党右派选择了急转弯，决定“清党”。清党的核心人物是蒋介石，而给予他有力支持的是四位国民党元老：蔡元培、吴稚晖、张静江、李石曾。其中吴稚晖与蒋的关系最密切，蔡元培声望最高。

从 1927 年 3 月底至 4 月中旬，国民党中央监察委员会的部分成员在上海多次策划清党，这一系列密会的主席是蔡元培。

3 月 28 日召开了预备会，吴稚晖首先发言，称中共谋反，应行纠察，开展“护党救国运动”，蔡元培作为主席，立表赞成，并提出应把共产党人从国民党中清除出去。

4 月 2 日正式开会，通过了吴稚晖提交的查办共产党的呈文。蔡元培在会上出示两份材料作为佐证，一份是中共“阴谋破坏国民党”的种种决议和通告，另一份是中共在浙江“煽惑民众”“扰乱后方”等若干条罪状。在蔡元培的主持下，会议审定了包含几乎所有中共主要领导的近两百人的通缉名单，除了鲍罗廷，位居第一的是陈独秀。

之后就是“4·12”清党运动，几乎整个中国到处腥风血雨，无数革命青年被宣称要“拯救革命”的人夺去生命。

鲁迅悲愤地说：

革命的被杀于反革命的。反革命的被杀于革命的。不革命的或当作革命的而被杀于反革命的，或当作反革命的而被杀于革命的，或并不当作什么而被杀于革命的或反革命的。

革命，革革命，革革革命，革革……

由蔡元培主持的国民党中央监察委员会的一系列会议为蒋介石的“反共”行动开出了通行证。当然，你也可以说，没有那些会议蒋介石也照样会干，或者，缺少了蔡元培这些会议也照样能开。还有，蔡元培主张清党，但是他反对大屠杀，等等。但无论如何，他绝不是被蒙骗的。在那一段时间，蔡与蒋介石及其亲信来往极密切，关系甚融洽。孙常炜在《蔡元培先生年谱传记》说蔡元培那时与张静江、吴稚晖、李石曾等人“朝夕与蒋总司令中正讨论清党大计”，这有历史文献可证。蔡元培对“清党”具有高度热情。对此，我们其实可以联想到他曾经拥有的进士与翰林身份。

血色中华。1927 年 12 月 1 日，蒋介石和他所爱的宋美龄在上海举办了华丽的婚礼，蔡元培是婚礼主持人。而就在这大约半年前，被列于“清党”通缉名单的中共早期重要领导人之一、陈独秀引以为豪的长子陈延年，被残杀于上海。

当然，我们知道蔡元培后来与蒋介石疏远，和宋庆龄共同发起建立了“中国人权保障同盟”，积极救援多名被捕的共产党人和进步人士，并因此获得毛泽东的称誉。这也是蔡元培。

陈独秀作为民国前期文化革命的旗帜，政治革命的领袖，在中国现代历史上留下了深重的足迹。

1915 年 9 月，陈独秀在上海创办月刊《青年》杂志，次年更名为《新青年》，成为“五四”新文化运动的精神中心。陈独秀在这份杂志的创刊号上发表《敬告青年》，提出六个原则：一、自主的而非奴隶的；二、进步的而非保守的；三、进取的而非退隐的；四、世界的而非锁国的；五、实利的而非虚文的；六、科学的而非想象的，洋溢着奋力进取的热情。《新青年》宣传、倡导“德先生”（指“民主”Democracy）和“赛先生”（指“科学”Science），是辛亥革命以来最能代表现代中国历史进步的要求，它鼓舞了整整一代青年人。毛泽东说：“我们是他们那一代人的学生。”

正是因为陈独秀在青年中的巨大影响，蔡元培甚至不惜为他虚构履历，把他请到北大担任文科学长；也是由于同样的原因，苏联人的共产国际推举他为 1921 年 7 月在上海成立的中国共产党中央局书记。

从党的一大到五大，陈独秀连续当选中共中央最高领导人。直到 1927 年，他以“右倾机会主义”的罪名被共产国际剥夺党内领导职务，充当了国共合作失败的替罪羊。1929

年，又因言论严重不符合苏联国家利益，被开除党籍。至1932年，陈独秀又在国民党巨额悬赏多年后，在上海被捕，随后判刑入狱。他是国民党的罪人，也是共产党的罪人。

在这样的处境下，陈独秀沉入了富于批判性的思考。其矛头所向，是斯大林主义，而坚持的核心价值，是民主主义。《无产阶级与民主主义》一文中，他指出，“最浅薄的见解，莫如把民主主义看作是资产阶级的专利”，而事实上“民主主义乃是人类社会进步的一种动力”。由于斯大林不懂得这一点，“抛弃了民主主义，代之于官僚主义”，乃至于把党，把整个无产阶级政权，糟蹋得极其丑陋。

在给西流等人的信中，陈独秀提出要在“资产阶级民主”的基础上去发展“大众的民主”，这一种设想跟理想的“社会主义民主”有某种近似。“如果不实现大众民主，则所谓‘大众政权’或‘无产阶级独裁’必然流为史大林式的极少数人的格别乌（秘密警察）制。”换言之，没有真正的人民民主，党就会走到自己的反面，成为斯大林式人物的独裁工具。

自从“五四”时代倡导“德先生”以来，这是陈独秀经历革命运动之后对民主主义的进一步思考。他对斯大林主义的批判、对这种政治模式必然失败的预判，体现了一种可贵的洞察力和预见性。哈耶克、波普尔的一些类似见解，在时间上都要晚于陈独秀。

在陈独秀的故乡安庆，在他的墓地前，建有他的雕像。

一种高视阔步、桀骜不驯之态，颇为传神。陈独秀是个文人气很重的人，并不是革命家的代表。但他的特殊经历和他的思考，对于人们理解中国革命复杂而包含各种冲突的过程，仍富于启迪意义。

三

1927年6月2日。清华国学研究院导师王国维平静如常，早餐后至书房小坐，而后到办公室为毕业研究生评定成绩，继而和同事共谈下学期招生事。近午出办公室，雇了一辆人力车前往颐和园。在昆明湖鱼藻轩，王国维吸完一根烟，跃身扎入水中，自杀身亡。

王国维是一位极具有创造性的学者，是中国现代文史学术多个重要领域的开山人。缪钺称他“其心中如具灵光，各种学术，经此灵光所照，即生异彩。”他的意外的死震惊了整个文化界，并引起各种猜测。事实上，对他究竟为何自杀，至今并无公认的结论。

王国维的同事陈寅恪作《王观堂先生挽词并序》，对他的死做了一种庄重的解释，《挽词》云：

> 士之读书治学，盖将以脱心志于俗谛之桎梏，真理因得以发扬。思想而不自由，毋宁死耳。斯古今仁圣所同殉之精义，夫岂庸鄙之敢望？先生以一死见其独立自由之意志，非

所论于一人之恩怨，一姓之兴亡。呜呼！树兹石于讲舍，系哀思而不忘。表哲人之奇节，诉真宰之茫茫。来世为可知者也。先生之著述或有时而不彰，先生之学说或有时而可商。惟此独立之精神，自由之思想，历千万祀，与天壤而同久，共三光而永光。

这段文字有两个要点值得注意。

一是强调必须摆脱“俗谛之桎梏”、保持思想自由，才能追求真理。很多年以后，陈寅恪说明了上文所云“俗谛”，指的是三民主义。当时国民党北伐军步履逼近北京，以“三民主义”为旗帜的政治话语系统表现出强制性的力量。陈寅恪认为，王国维就是看到了这一态势之不可免，而不甘心受此“俗谛之桎梏”，乃以死表达自己的自由意志。王国维是过度敏感了吗？胡适 1928 年 5 月 16 日的日记，可以为他作证明：“上海的报纸都死了，被革命政府压死了。”

二是借王国维之事高度赞美“独立之精神，自由之思想”，不仅将之理解为文化人安身立命的根本，并且认为二者具有永恒价值。也就是说，这是文化人需要永远坚持的神圣原则。所以有人说，这一篇对于王国维的《挽词》，事实上也是一个精简的“文化宣言”。

我们知道，陈寅恪思想中一个重要的主张，是“一方面吸收输入外来之学说，一方面不忘本来民族之地位”，就是在民族文化的本位上吸收外来文化，促进自我更生；他认为唐朝之盛，就是取了“塞外野蛮精悍之血，注入中原文化颓废之躯，旧染既除，新机重启，扩大恢张，遂能别创空前之世局”。

按照严复的理解，独立自由的精神，是中国文化传统中缺乏的东西：“夫自由一言，真中国历古圣贤之所深畏，而从未尝立以为教者也。”那么，陈寅恪如此重视的独立精神、自由思想，是一种向外吸取的东西吗？是用外来的文化作为中国文化安身立命的根本吗？

陈寅恪不是这样看的。在《柳如是别传》中，陈寅恪说：“夫三户亡秦之志，《九章》《哀郢》之辞，即发自当日之士大夫，犹应珍惜引申，以表彰我民族独立之精神，自由之思想。何况出于婉娈倚门之少女，绸缪鼓瑟之小妇，而又为当时迂腐者所深诋，后世轻薄者所厚诬之人哉！”这是存在于“我民族”精神中的、值得格外“表彰”的东西。它表现在堂堂大丈夫身上，也表现在柳如是这样的娇弱的青楼女子身上。如果没有这样的力量，中华民族又凭借什么创造自身的辉煌呢？它是永世之光。

一个民族的文化传统里，包含着复杂的成分。如果想要推进这一文化的更生与发展，首先需要认识它内含的最富于生命活力的东西，继承之，发扬之，以之为基底吸纳外来文化。这就是陈寅恪上述主张的意义。

这也是后来许多文化人采取的立场。譬如钱穆提出，任何一国之国民，都应“对其本国以往历史略有所知”，而这种对历史的知识，“尤必附随一种对其本国以往历史之温情与敬意”。又如林毓生所倡导的对于中国传统里优美成分的“创造性转化”，他认为，凭借着这种转化，古老的中国文化传统能够和西方截然不同的历史脉络结合，能够在现代化的社会变革中生长。

陈寅恪为王国维所作《挽词》刻在一块纪念碑上，竖立于清华校园中。这块碑曾在所谓“十年动乱”期间被推倒、被打断。陈寅恪本人在那个年代也多受凌辱，死于孤惶。如今清华园中那座重新粘合、再度竖立的碑，令人想起陈氏还说过：“独立精神和自由意志是必须争的，且须以生死力争。”

四

在以往百年中，作为文化人去世以后，引起大量民众自发参与葬礼，形成引人瞩目的社会事件，仅有两次：前有鲁迅，1936年10月于上海；后有胡适，1962年2月于台北。

鲁迅可以说的地方当然很多，最重要的，恐怕是他刺激了中国人的神经，让许多人意识到在中国社会中普遍存在、自身也往往难免的麻木、迟滞，和与之相随的胆怯、自私。《阿Q正传》在《晨报》副刊上连载时，有不少人疑心是写自己，为之惴惴不安，就是因为从阿Q身上依稀看到了自己的影子。

即使不是这样明显地把自己替代进去，读鲁迅的小说和一些文章，要不感到痛苦是很难的。你看阿 Q 在自己的“供状”上努力想要把一个圈画圆——虽然他不知道这上面说的是什么、跟自己有何关系，却因为终究没能画圆而感到惶惑。这是一个具有真实感的生活场景，又极富于象征意味。读过小说的人，当他们在某种场合需要“画圈”的时候，不由自主地会停顿下来。还有孔乙己的手——腿被打断以后，他用手在地上爬行，手上满是泥，攥着几个铜板伸出去打酒喝。还有祥林嫂，她张着失神的眼睛，絮絮叨叨地跟人说她的孩子被狼叼走的事情，让人听得厌烦。你读过鲁迅，这些影子便会不时地从暗处浮现出来，像是哀告，也像是责问。你或许还会想起鲁迅说过：“无穷的远方，无数的人们，都和我有关。”

麻木是双重作用的结果。一方面，专制政体需要愚化的教育，使民众的心灵失去敏感性。1906 年，严复在翻译孟德斯鸠的《法意》时，译到专制政体“彼将使之为奴才也，必先使之终为愚民也”一语，深有感触，不禁涕泪长流。另一方面，麻木也是一种心理保护机制。当人们无力正视现实也无力承担精神痛苦时，便会不自觉地选择了麻木。而当麻木逐渐成为普遍现象时，民族的生机和创造活力也就一步步消退下去，至于沉沦。

在葬礼上，人们用绣着“民族魂”三个大字的旗帜覆盖了鲁迅的遗体。他是一个重新唤醒民族灵魂的人，他试图让更多的国人恢复精神上的敏感性，能够用力凝视人生的晦暗和一切不幸，敢哭，敢笑，敢骂，敢打。他的愿望能够在多大程度上得到实现不是很好说。20 世纪 80 年代，人们还热烈地讨论过“鲁迅活着会怎么样”，他会“继续写”呢？还是如他自己曾经预测的那样，“充军到北极圈去”？但不管怎样，有过鲁迅以后，中国不会再是原来的样子了。

和冷峻而略显潦草的鲁迅相比，胡适是另一种样子。他温和、文雅，有耐心，写字永远一丝不苟，喜欢穿中国式的布长衫，喜欢美国的文明。

要对胡适做简单的概括也不难：他是一个自始至终的自由主义者。从 1920 年他和李大钊、陈独秀等人联名发表《争自由的宣言》开始，无论中国社会经历什么样的变化，他的这一主张没有变化过。

1948 年胡适对他所持的“自由主义”做了一个总结：“自由主义的第一个意义是自由，第二个意义是民主，第三个意义是容忍反对党，第四个意义是和平的渐进的改革。”文章的题目就是《自由主义》，这个主张着眼于以英美为范式的宪制政体；推崇改良而不宣扬革命，是对英国君主立宪历史的致敬。

关于自由，胡适还有一段名言，见于《介绍我自己的思想》，写于 1930 年：“争取你自己的自由，就是争取国家的自由；争取你个人的人格就是为国家争人格。因为自由平等的国家不是一群奴才建造得起来的。”有人说，这和《共产党宣言》中著名的警句，“每个人的自由，成为所有人的自由的前提”，在逻辑上相通。

因为胡适的“自由主义”着眼于政治实践，而政治上他和蒋介石有过几次或近或远的合作，不容易做简单的评价——鲁迅很早就为此挖苦过胡适。但我们换一个角度，从自由主义和极权政治的冲突上，可以体会胡适思想的价值。

20世纪30年代前期，发生过一场“民主与独裁”的大讨论。当时颇有些著名学人对专制或言极权的政治表示向往。首先是蒋廷黻发表了《革命与专制》，认为专制有助于实现国家统一。钱瑞升则有《民主政治乎？极权国家乎？》一文，更多从经济上立论。他认为极权经济，“只国家得有产业，而人民不得有私产。因之，一切工商企业俱由国家经营”，才是理想的经济模式。因为这种经济模式具有高效率。中国想要实现工业化，“则国家非具有极权国家所具有的力量不可。”从这里可以看出当时的中国明显存在一个亲法西斯主义的思潮。

胡适在这过程中发表了多篇文章，对蒋、钱等人的观念加以批驳。他始终坚持民主宪政的理想，揭示独裁专制内在的危险，坚信民主政治才是世界的前途。他劝告人们，即使民主宪政在中国很幼稚，也不妨从幼稚园的水平一点点做起。“我们不信宪政能救中国，但我们深信宪政是引中国政治上轨道的一个较好的方法。”

胡适对经济问题的看法也很精彩。他说：“我没有见到一个国家牺牲经济自由可以得到政治自由，也没有见到一个国家牺牲政治自由可以得到经济自由。”这是智者有力量的表达。

回头看这一场论辩，可以认为胡适的自由主义是有见识的，也是有历史价值的。

前面说到胡适与蒋介石的合作，表面上似乎彼此相得，但胡适标榜英美自由主义，蒋介石嗜好独裁，冲突自然不可免。从近年公开的《蒋介石日记》中，可以看到胡与蒋的矛盾，主要在于胡好说“民主自由高调，又言我国必须与民主国家制度一致”，触犯了蒋的权力欲，令他深为不快。蒋在日记中对胡适常常大加痛骂，可谓深恶痛绝。诸如“狂妄荒谬”“人心卑污”“愚劣成性”，用词都很重。1958 年 5 月 30 日日记，说及胡适劝蒋氏父子“毁党存国”，令蒋介石不仅痛骂他“无道义，无人格，只卖其‘自由’‘民主’的假名，以提高其地位，期达其私欲”，心情上更是视之为仇敌匪徒了。

不过，蒋介石对自己尚能在表面上维持对胡适的礼遇，认为自己修养很好，这也是有趣的事情。

在胡适的葬礼上，人们为他的遗体覆盖了一面北大校旗，校旗上主要图案是北大校徽。这枚校徽是早年蔡元培请鲁迅设计的。上面“北”字像二人相背而坐，下面“大”字像一人正面而立，三人合为一体。图案极简，人形雄浑有力，颇能体现鲁迅“立人”的理想。在这一点上，鲁迅和胡适还是相通的吧。

五

古代读书人称为“士”。《论语》里有个成语，最能够表达读书人的志向和人生态度，就是“士志于道”。

士志于道包含着一个什么样的意思呢？我们这样来说：士当然是普通人，他有普通的生活，要养家糊口，要服务于社会，服务于权力，他跟常人一样。但是有一个不同，一个“士”真正的人生价值和最高的人生目标是“志于道”，也就是追求真理。而这个追求真理又具体地表现为什么？就是确认和守护符合于正义的价值观。

说到符合于正义的价值观，我们会想到一个话题，就是历史的终极的正义，或者说历史终究的正义。刘少奇曾经说过这样一句话：“好在历史是人民写的。”所谓历史是人民写的，其实说的就是历史它有终究的正义，他对此种正义抱有期待。

但是这里有一个问题：人性善和历史的正义性其实都是没有办法证明的。你读《孟子》很容易发现，他对人性善的证明是不成立的，他的逻辑远不够严密。但即使他的论证不成立，他的观点仍然是正确的，人性确实是善的。同样，历史的终极的正义也是不能证明的，就像康德说上帝是不能证明的一样。但是这仍然是对的。为什么？因为人决定它是对的。这就是孟子说的：“人之异于禽兽者几希。”人决定自己是善的，人决定历史是正义的。人因此而成为人。

所以，“士志于道”，又并不是有个现成的“道”在那里等着你，求道，人就需要在时间的进程里不断地探究人性根本上的善和历史根本上的正义。这是辛苦的工作，是读书人需要做的工作。即将出版的六卷八册《百年文人：清晰或模糊的背影》，便是一份沉甸甸不可多得的成果。

（梁由之《百年文人：清晰或模糊的背影》，
湖南人民出版社，2024 年）

辑二　为友人作序

一个作为学者的张岱

——《张岱研究》序

张岱的名字，一般稍涉中国文史的人都觉得很熟悉，但要详细说起来，又难免觉得所知甚少。说熟悉，是因为自 20 世纪 30 年代周作人诸人彰扬晚明小品以来，他的《陶庵梦忆》《西湖梦寻》二书广为流布，且至 80 年代再度成为阅读热点，新出的版本少说有十数种之多；说所知甚少，是因为张岱于明亡后隐迹不出，生活潦倒，甚至沦为无籍之民，他的大量著作虽幸免于水火，却长期封藏于深阁，极少有人接触，故其晚年行事恍如隔雾，诸多疑点无从辨明。于是人们只能凭借着在其全部著作中只占很小一部分，且有些内容曾经传抄者妄改的诗文来谈论他。当然也有研究者试图通过各种线索尽可能深入地考察张岱，但受资料限制，要做得透彻终究是不可能的。

现在我们读到的这部《张岱研究》，是胡益民先生的博士学位论文。它是以张岱全部尚存于世间的保存了原始面貌的著作为基础写成的，这在学术界还是第一次。我们看作者使用的资料，像《张子文秕》、《张子诗秕》、《琅嬛文集》（诗集部分）、《石匮书》、《石匮书后集》、《琯朗乞巧录》等，都是非常珍贵的手稿本、原抄本或配抄本。长期以来，这些本子或分散在各大图书馆的书库中，未经系统调查；或在私人藏书家手中，外人难以知晓，于是成了一种虽存而似亡的情形。作者历时十年得以掌握了这些珍贵资料，固然有赖于近些年来学术氛围的改善，但个人所付出的辛劳也是可想而知的。

资料的真实与完整对于研究工作的重要意义自不待言。举一例来说，以前的研究者或据传世的普通抄本来讨论张岱诗中的反清思想，但如胡益民指出，对照张岱手稿本，可以发现那类普通抄本不仅已经删去了不少明显的反清内容，还时常出现妄增的“我大清”字样。这对研究者所要达到的目标，无疑是巨大的阻梗。文字著述于明亡之后的张岱而言，是穷困和耻辱的人生仍能保有其延续之价值的精神支柱，是他的智慧、意志、情感的凝聚形态。今天这些著述久晦而复显，实是张岱之幸。

由于上述原因，这部《张岱研究》的面貌与已有的同类论著显出极大的不同。在本书中，关于张岱诗文的成就几乎没怎么涉及，它分作两大部分的主要内容，一是关于张岱之家世、生平、交游、著述等基本情况的考察，另一是关于其社会—哲学思想、文艺—美学思想及史学成就的论述。这样做，并不是因为在前一方面人们已经谈论得很多，不再有多少新鲜话可说，而是因为在本书所涉及的方面，过去由于资料的限制，存在许多空白和不确切的认识，亟待加以填补和澄清。我们现在看到的张岱，不再只是一位似乎是飘浮于人世的“性灵”气的散文大家。他有着不寻常的经历和奇特的性格，虽标榜洒脱却又潜心学术文化的创造，在文学之外的诸多领域内都有着不可忽视的贡献。作为读者，我们通过胡益民先生所做的工作，得以理解这位于明清易代之际在许多方面均具有代表性的文士的丰富的精神生活，也不能不说是一件可庆幸之事。

说及明清易代之际，那实是中国历史上一个非常复杂的时代。诚然，在此之前的中国的王朝早已屡经更迭，外族的所谓“入主中原”亦出现过多次。但在经历过晚明思想解放浪潮之后，那一时代中深于思考而又高度敏感的文人们由这一场历史巨变所感受到的精神压力，是远远超过其前人的。民族的冲突，文化的冲突，社会不同阶层的利益冲突，个人仅作为个人而存在的权利与个人作为某个特定社会群体之成员而必须承担的道德义务之间的矛盾，这些都同时纠结成一团。在这样的时代里，人应该如何生存，如何认识历史与现实，如何在忍辱负重的生活中保持个人的尊严乃至高雅的趣味，都是不容易应对的难题。但从另一方面来说，所谓“艰难困苦，玉汝于成”，艰困的境遇实也是对人格与思想的淬炼。张岱是一位江南名士，富于才情和学养，坚韧而不乏机智，他的人生选择和对历史与现实的思考，不仅反映了那一特殊时代的社会氛围，体现着一个读书人在强大的压力中对人生真谛的追寻，同时也标志了由士大夫所承担的传统文化的自我变异与更新。过去人们只是把张岱的散文与现代散文联系起来看，实际上，对于探讨在受西方文化冲击之前中国文化本身所蕴含的朝着现代方向变动的内在趋势，以及这一种变动所面临的问题，张岱在众多方面都具有重要的意义。我想，本书的出版，对于推动关于张岱乃至明清之际文化的全面研究，会产生它应有的作用吧。

我同胡益民先生相识的时间并不太长，在一次纪念吴敬梓诞辰的学术会议上，才有缘相识，同时读了他与周月亮先生共著的《〈儒林外史〉与中国士文化》一书。令我感动的是，他的文笔因感慨于专制制度对人性的奴化，感慨于中国读书人、知识分子之历史命运而洋溢的激情。现在我们读到的这部《张岱研究》，虽以资料的发掘与考证最为引人注目，但在评述部分，也同样是富于激情且有力度的。作为学术研究，对所涉对象好恶过深，或许难免会影响到考虑问题的周全和分析的精细，但由此也呈现出一种个性色彩。也是由于性情相近的关系，我同胡益民先生颇有一见如故之感。感念于他和出版单位信赖，遂写了这样一篇像是读书心得的文字。

（胡益民《张岱研究》，安徽教育出版社，2002 年）

《中国文学史品读》序

在中国，文学史类型著作的繁盛，大概是其他国度难以比拟的。或许这与中国人偏爱史学的传统有关，但另有些很实在的原因：中国文学经历的过程十分漫长，产生的作品数量极其庞大，用历史的线索来描述它的大概面目与发展变化，依照时间序列来了解和记忆作家与作品的情况，从掌握知识的角度来说，也是一种最为方便的方法。

中国文学史著作大多是以教材模式编撰的，即使有些书在写作时并未以充当教材为目标，但因为那一种模式流行甚广，成了习惯，也难免受其影响。于是，文学史著作常常会出现相似的毛病：一是照顾的面太广，有些基本的知识总是非讲不可，像一个时代的政治与文化背景呀，一个作家的主要生活经历呀；在篇章的分配上，名家名作固然占据大头，但二三流的也不好简单省略，哪怕蜻蜓点水，也要带上几笔，就怕知识不全面，读者应该知道的东西书里没有说。二是个性不突出，陈陈相因的内容太多。这当然可以指责作者的学力有问题，缺乏创见，但是教材模式面追求平稳，也是原因之一。我自己读过文学史，对此深有体会，有时，明明有一种特别的念头，在课堂上也讲过，写到书里就不免犹豫，怕调子奇怪，使用的人不容易理解和接受。

我们现在读到的鲍鹏山的这部书，可以说较好地避免了上面所说的文学史著作的常见毛病。它是不是也可以当教材使用暂且不论，作者没有按常规的教材模式来编写则是显而易见的。全书五十一个专题，既不按朝代也不按文学潮流加以分期，只是大略地依照时间顺序，挑出作者心目中最为杰出的作家与作品加以介绍和论析，而自然而然形成具有“史”的意味的流动。就好像在一大堆成色各异的珍珠中挑出了最漂亮的珠子贯穿成链镒，显得简洁而好看。

由于较一般文学史著作省略了许多内容，知识的“点”不那么密集，本书对于作品的解析就能做到相对充分一些。譬如《道德文章》一篇，选取了《孟子》书中的若干富有特色的章节，依着文脉逐层解析，论其思想主张、情感的表现、辩说的手段、逻辑上的得失，最后勾画出孟子为人的基本品格，读来觉得明白、可信且亲切，普通的文学史最难这样做。当然，这也不是篇幅稍微充裕一些就能做到的，这本书总体规模不大，篇幅还是受限制的，能抓住重点，舍弃枝节，才能说得这般透彻。

写文学史要有见识，同时也要敢于坚持己见，这样才能显现出强烈的个性色彩，譬如关于“历史上有无屈原”的争论，鲍鹏山是这样说的：

我们今天讲的这“屈原”，乃是一个“人文事实”，不管历史上——实际上也就是在楚怀王、顷襄王时代——这个人物是谁，或根本不存在这个人，但至少从汉代贾谊、刘安开始，这“屈原”两个字就已作为一个“人文”符号而存在，并在不久得到了大史学家司马迁的认可，并为之作传。在贾谊、刘安和司马迁那里，“屈原”代表的是一种命达、一种精神、一种品行，这些东西让他们起了共鸣。而这些东西是抽象的，也就是说，他们感兴趣的就是这些“抽象”出来的东西，而不是那个已经消亡的肉体，自那时起，我们民族的记忆中就有了“这个人”，并且“这个人”还在漫长的历史时期里施加了他的影响，也就是说，随着历史的发展，“这个人”的文化内涵越来越丰富，他的“抽象”意义越来越丰富，而成了一个无可否认的“人文事实”。

由于屈原被推崇为某种伟大精神的代表，许多人认为他在历史上必定具有如其指认的那样的真实性，否则的话，他所代表的那种伟大精神就不真实了。然而事实可能恰恰相反：任何“伟大精神”都代表了当下的价值，人们以此阐释历史，使“历史”成为“当下”的证明。阐释固然依据了历史提供的材料，但对这类材料的选择、推衍及至注入新义，却是阐释活动中不可避免的现象。正因如此，西汉以来历代文人依据同样材料所理解的屈原和他们描绘出来的屈原形象，往往面目各异。至于把“爱国”和“主张改革”作为屈原作品的核心精神，又是到了近现代才提出来的看法，而历史上的屈原（如果实有其人的话）究竟是什么样的，由于留存的史料不仅简略而且不尽可信，其实已经很难追究明白了。由于屈原的问题也像岳飞一样，牵涉太大且十分敏感，作为教材模式的文学史有时不得不迁就“共识”。但鲍鹏山却不管这个规矩，只管把他的想法写出来。他以“人文事实”这一概念来解释屈原在历史中的存在，在我所见过的论著中，我以为这是说得最妥当的。

通常说来，文学史研究亦如一般学术，重理性而轻感情。这有它的道理。但另一方面，文学本来就是情感的艺术形态，如果没有情感上的沟通、共鸣，又怎么能够激发封存于文字中的活的生命呢？没有情感的阅读，文字永远是死的。鲍鹏山是一个感情热烈的人，于人于事倘无爱憎，便几乎不能有所言。以前他在贾平凹主持的《美文》杂志上连续发表评说古贤的文章，就是以个性化的见解和热烈的情感引人注目；如今他写文学史，依然故我，无从改变。“这样的诗，真令我们心花怒放。这是一种彻底的享乐主义，享乐得如此心安理得，如此张扬而大放厥辞，不仅自己沾沾自喜，洋洋自得，而且对别人津津乐道，眉飞色舞。”这是在说李白《襄阳歌》。我们读到了李白的快乐与“大放厥辞”，也读到了鲍鹏山的快乐与“大放厥辞”。情感的特点是自以为是，它会不会影响评述的精确性呢？我想鲍鹏山会考虑到这一点。但纵使有所逸出，也不算是大不了的罪过吧。读者通过鲍鹏山的介绍与古人交友，见他说得如此动人，兴致也会跟着起来，这是开心的事情。

文学史是不是写成鲍鹏山这样的才算好？我没有那样的意见。我只是说，这是一部很有特色的文学史，跟常见的很不相同，而文学史应该有各种各样的面貌。因为我同鲍鹏山有长久的交情，不适合多加赞扬，所以主要是讲这部书的特色。

（鲍鹏山《中国文学史品读》，复旦大学出版社，2007年）

天才诗人的毛病

——《天生我材必有用：黄玉峰说李白》序

李白是我最喜爱的中国诗人。倘若不谈个人好恶，我想在大多数人心目中，他也是位于中国最伟大诗人的行列。他的激情与想象力，他对一切美好事物——无论人情还是自然——的敏感，他的骄傲和孤独，透过他的美妙的诗歌语言，永远能够打动后人的心弦。如果我们同意陈寅恪先生的考论，认定他其实出身于汉化胡人的家庭，他的长相带有显著的西域胡人的特征，我们不禁会感慨：他以什么样的天才，将古老的汉语应用得如此奇妙！

诗人看待世界的眼光和常人不同，而天才的精神活动更是有许多特异的地方。李白作为一个天才的诗人，以敏锐的感受和丰富的想象在诗的世界里创造迷人的意境，同时，他也作为一个平凡的人，在现实的社会关系中生活，经受着常人的一切烦苦。诗意的人生是一种渴望和期待，是对可能的自由舒展的生命状态的描述，现实的人生却是矛盾重重，你不可能没有实际利益的计较，也总要做出妥协和退让。在其他诗人那里，常常因为意识到现实力量的沉重，而淡化诗中的激情，降低讴歌自由与尊严的声调。李白却不愿如此。他和大多数诗人最大的不同，也许在于他的永不泯灭的天真与童心，哪怕理想其实是幻梦，他也宁可保持这种幻梦的完美性。正因如此，我们积满尘埃的内心也会因他的简单的诗句而发出欢快的应和之声——之后也许是叹息。

但李白也因此使自己陷入尴尬。因为他所期待他所讴歌的生命状态是那样自由无羁、飞扬洒脱，倘使以此为对照，严格分析他在现实生活中的行止（包括他在作品中留下的痕迹），会发现两者之间其实有很大的差距。而且，由于前者，后者的庸俗与局促更为凸显；由于后者，前者会令人怀疑其中有太多的浮夸。李白被称为“谪仙人”，这本身就意味着矛盾的存在：“仙”应该是超世的，但既已“谪”，又必须顺合现世。

以前从通行的文学史以及李白的传记与诗选中所看到的李白形象，是以经过选择的材料被呈现出来的，它并不能够充分体现更为复杂的李白的全貌。有几种因素造成了这一结果：其一，人们在介绍、评述李白时，主要着眼于他的贡献，着眼于他创造的具有积极意义的艺术成就；其二，李白作品中描述的某些生活内容，在他的时代原是平常的、正当的（如携妓而游），但在新的时代完全不能获得肯定，于是人们就会有意加以回避；其三，李白是中国最伟大的诗人之一，他的作品是中国文化的瑰宝，人们不愿意他的形象受到损害，于是就会讳言某些对其“正面”形象不利的东西。当然，从事专业研究的人，大多不可能因此而误解李白，但对普通读者来说，他们认识的李白多少已经被美化和“提纯”了。

前些时候黄玉峰先生在上海电视台纪实频道《文化中国》栏目讲评李白，引起不少争议。他有一种“还原”李白的立意，因而较多地触及了过去认为属于“负面”的东西，如李白的功名欲望，他的“纵情声色”的生活，等等。这些讲演内容经过补充、修改编为一书，就是这本《天生我材必有用：黄玉峰说李白》。曾有人批评他“颠覆”李白，其实玉峰先生所言本身并不是新奇的发现，他只是清理了许多以前被忽略的史料，加以必要的阐释，以求全面地描绘出李白的原貌而已。虽然他对某些史料的理解、对李白若干诗文的解说有可以再加斟酌的地方，但总体而言，这种做法是有价值的。随着社会的发展，人们越来越不满足于过去那种简单化的思维模式，希望对中国的历史与文化有更深入的理解，而清除一切不必要的蔽障，还原史实，乃是第一步的工作。就是普通读者大众，也并不是只能接受被某专业工作者美化和“提纯”的结果，他们有权利知道全部事实。玉峰先生为人勤学多思，相信其新著《天生我材必有用：黄玉峰说李白》对帮助读者全面理解李白很有意义。至于喜爱李白的人，也不用担心因为有人揭示了他的毛病就会身价大减。因为天才的不平凡，也表现在其毛病多。

（黄玉峰《天生我材必有用：黄玉峰说李白》，
复旦大学出版社，2002 年）

《钟文》卷首语

曾经很想写的一个文章题目，叫作《八方庄稼地》，但这要见识甚广，所以一直没有写成。

自然也是见过一些的。

年轻时在崇明岛上务农，年年种植水稻。那片由长江挟带泥沙淤积而成的土地无比平坦，水稻盛长的时节，生气勃勃的青苗摇曳着欢喜四处铺展，直到目光所不能及。到了成熟的日子，禾叶转为黛色，渐而憔悴，稻穗却在饱胀的同时转为明亮的金黄。日落时分遥望四野，天地间光华灿烂。

后来在东北见到玉米地，是另一番景色。东北多是坡势平缓、连绵不绝的丘陵，其范围之广阔不能用南方所谓“山”的观感去描述。而少见河流的分割，村庄也稀少。夏日，天空明澈，道路宽广，驾车的年轻人不由自主地一再加速，平地与缓岗相连之处长满齐人高的玉米，一色的葱绿以宏大的幅度回旋起伏，永无尽头，像是演奏着一曲旋律单纯而气势磅礴的乐章。

在甘南的藏区见过种植于山地的青稞，田块总是很小，却绿得浓郁而热烈。路上见藏人骑马的行列，见一小妇人外着色泽乌暗的半袒皮袍，内衬鲜丽红衣，一手托小儿吮乳，一手执鞭，其娇艳不可方物。

在青岛附近的乡村见过刚刚成熟的苹果林，初日高照，林间有薄雾在晨光下，如缥缈的轻纱，丰硕的果实蒙着水汽，闪耀着如红宝石一般的光泽。此时抬头看太阳，明白天虽无言，却因万物生长而欣喜。

艰辛的农作生活有一种寄托于土地的朴素与诚恳，令人深刻地感受到生命的真实性，感受到肉躯与精神的一致。我曾经给1978级中文系学生办的一份刊物起名曰“力穑”，语出《尚书·盘庚》“若农人服田力穑，乃亦有秋”。系主任朱东润先生时年八十有余，为篆书刊名。这说不上激励他人，在我自己，是虽已远离乡村，却仍然希望保留那一份亲近土地的心情，保留朴素而诚恳的生活方式。

（《钟文》是复旦大学中文系学生所办不公开发行的刊物）

《文史论荟》序

胡益民兄将他的论文集《文史论荟》分成四个部分来编排：清代小说研究、南宋诗歌研究、张岱研究、徽学研究。他说这是因为在研究单位工作，做学问要跟着课题转，无法长期在一个专题上用力气。有相似经历的人对这种情况应该很容易理解。在现下中国的高校和其他人文社科研究单位里，课题的确定有许多外在的因素在起作用，上层机构的意愿，对“社会效益”的要求，常常会压倒研究者自身的兴趣，这真是无可奈何。

但我看这四组论文，又并非互不相干、“各自为政”，内里隐然贯穿了一条线索，就是中国古代社会转型过程中的思想与文化变迁。譬如书中南宋诗歌研究的中心是“江湖诗派”，而江湖诗派在中国诗史上具有引人注目的特殊性：陈起，一个书商，第一次成为一个规模庞大、成员众多的诗歌流派的核心人物，诗歌的写作、流传与商人的活动第一次结合得如此紧密。而所谓“徽学”，能够成立为一种专门的学问，又完全是因为明代以来徽州商业的发达，商人不仅在经济领域，同时也在文化领域影响着中国（尤其南部中国）的社会生活。至于张岱，作为由晚明思潮所孕育而又经历了明清易代之巨变的文人，他的既富于感性又深于思考的写作，对于理解传统文化的自我变异与更新乃是重要的实例。说到清代，正如胡益民所言，这既是统治者运用政治手段强行禁黜小说最为严厉的时代，却又是创作与批评质量最高的时代，这个时代的优秀小说，正“以艺术的语言呼唤着近代意识”。在这种矛盾现象中，我们可以感受到历史潜流的涌动。

我说上面这些话，并不是为了证明胡益民收入本书的论文有多么严密的系统性——事实上那些文章相互间的关系颇为松散，而是感觉到胡益民虽然是在“跟着课题转”，他对历史的某种个人关注，他的兴趣与思考仍然得以保持。所谓“近代意识”在中国文化传统中孕育的过程、两者之间的互动及冲突、中国读书人的文化品格及历史命运，显然是胡益民长期关心的问题。通过对这些问题的深入探究，他以自己独特的方式描绘了在受到西方思想冲击之前中国文化本身所蕴含的变动趋势及其现代意义。

在历史研究中，许多人习惯以现存意识形态的理论模式去切割历史文献，实际上使后者成为阐释前者的材料。以现实为历史的当然，以现下的是非观念评判古人的行止，这是容易做到的事情。但这样做的时候，人们也很容易忘记“现实”也仅仅是变化着的“历史”的一环，此亦一是非，彼亦一是非，“现实”并不具备终结“历史”的当然资格。而在胡益民的论文中，则表现出另一种观察与理解历史的方式。他更尊重历史原本容存的多义状态，努力从矛盾混乱的历史现象中追究存在于古人内心的问题，他们的迷惑、疑虑与挣脱宿命的激情。尽管这并不意味着研究者能够完全穿透现实所强加的限制，却有可能从漫长的时间过程里追寻历史与现实的联系；了然于种种无奈、种种挫辱的悲切苍凉，才有可能追寻作为历史主体的人所不能放弃的永恒的渴望。

基于这种对历史的理解，加以富于哲理性的思考，胡益民常常能够以简明的语言打破固执的成见，提出新鲜、精确而又朴实的见解。譬如《儒林外史》，研究者常说它存在一个基本的矛盾：一方面一定程度上向往个性解放，反对理学教条的束缚，同时又虔诚地宣传古代儒家政教。胡益民则认为，“这两方面在吴敬梓那里不是矛盾，而恰是统一着的”，因为“原始儒家”在吴敬梓的理解与阐释中带上了理想化的色彩，它的道德观富于人道的温馨，而当代作为统治工具而存在的程朱理学恰恰是对它的背离（《〈女仙〉〈儒林〉合说》）。进一步，胡益民更精彩地将《儒林外史》中层见迭出的人物聚谈归纳为一个“精神遭遇”的大故事，“而支撑这个故事的基本冲突是文化记忆与文化现状的矛盾”（《〈儒林外史〉与中国士文化论纲》）。“文化现状”乃是“士”这个人物类群实存的状态，而“文化记忆”则是吴敬梓一类不甘于被沉闷、无聊、令人生失去意义的现实所窒息的士人凭借原始儒学的若干要素构筑起来的精神理想。说实话，这是我读到的关于《儒林外史》之题旨的最为精当和富于启发性的阐释，它不仅关涉这部小说本身，对于理解从古代的“士”到近代知识分子的自觉承担、历史命运，同样具有重要意义。

再以徽学研究方面的问题为例。胡益民所在的安徽大学是国内徽学研究的中心，他本人则是安大徽学研究的中坚分子，为奠定这门学问做过重要的基础性工作。由于徽州文化与工商业活动关系密切，对中国社会从古代向近现代转化产生过重要作用，一般徽学研究者——特别是怀有乡邦情感的徽籍研究者，对它的赞扬往往不遗余力。然而，与商人阶层血脉相连的文人，他们的思想文化必然具有反对专制、解放人性的倾向和历史进步意义吗？事实远不是那么简单。胡益民在《汪道昆及其〈太函集〉〈太函副墨〉》一文中以汪道昆为例，解析了明清时代势力庞大的徽州商业集团与官僚阶层的密切关系，官与商、儒与贾、“万钟”与“千驷”互相为用、互为“资本”奥援的社会状况，并特别指出徽州文化中存在着浓重的宗法观念，汪道昆一类出身于商人家庭而身登仕途的文人常常以服膺程朱理学自诩，喜好鼓吹“存理灭欲”。这样的研究又确实有利于打破固执的理论模式，真切地理解中国社会的特色。在文章结尾处，作者更强烈地批评：“作为今天的徽学研究者，对历史上徽州文化中极端落后的负面的东西视而不见，甚至一味礼赞如仪，不但在方法上是十分错误的，也有悖于一个现代人文工作者的基本学术良心。”

这也是胡益民对自己所坚持的学术价值观的郑重宣示。

重视对原始文献的清理和基本史实的追究，是胡益民学术研究工作的重要特色，反映在《文史论荟》这部论文集中，是考证类型的文章在全书中占了最大的篇幅。一般来说，擅长考证的研究者往往轻忽论析，而以论析见长的人拙于考证也很常见。其实这两者是不可偏缺的。没有文献考证的基础，论析手段再妙，也容易误陷于无根之谈；反之，只懂得考证，也未必真正能够发掘文献所蕴藏的价值。胡益民两翼并举，相得益彰，更兼通晓英、德语言，具备西方文学、哲学理论修养，素为朋辈所称羡。以张岱研究为例，尽管自20世纪30年代周作人诸人彰扬晚明小品以来，《陶庵梦忆》《西湖梦寻》二书广为流布，其声名凡略涉中国文史者殆无人不晓，但由于张岱的大量著作长期封藏于深阁，极少有人接触，一部分已刊行之作又遭到删改，人们所了解的张岱，其实不过是恍如隔雾的影像。唯赖胡益民多年广泛搜寻张岱所有尚存于世间的原始著作，作张岱交游考、著述考、行事考、卒年考，我们对这位明清之际重要文学家与学者的面貌，才有可能得到接近真实与完整的认识，并由此亲切地感受到张岱所生活的那一特殊时代的社会氛围。

胡益民说他多年来学问跟着课题转，那些“课题”的以及其他方面的成果当然不可能完全体现于这部论文集。关于清代小说，他另有《清代小说》以及与周月亮先生共著的《〈儒林外史〉与中国士文化》二书；关于张岱，他另有《张岱研究》与《张岱评传》二书；关于徽学，他主持编撰了规模浩大的《徽州文献综录》，并独力点校了一百八十万字的汪道昆《太函集》。另外，他还作为主要译者翻译了夏志清的《中国古典小说史论》，这是深受学界关注的一部译著。套用前人滥语，真也算得上“著述等身”“成果斐然”了。胡益民对此仍然深感不满，且引冯玉祥语自嘲，谓“吃饭太多，读书太少”（本书《后记》）。这是因为他总是用学术大师如王国维、鲁迅、陈寅恪、钱锺书来对照自己。其存想之高可知，但因此自卑似乎也不必。益民兄出身于大别山农家，为人敏感而单纯，于俗世之巧慧心或知之，身不能行。我谓益民：天地渺茫，一身漂泊，得饭吃得读书之乐可也，毋计多少。

（胡益民《文史论荟》，安徽大学出版社，2008 年）

《陈代诗歌研究》序

在中国古代文学研究领域，大致到20世纪80年代以前，对南朝文学较为忽视，纵有涉及，也以否定的意见居多。而在南朝文学中，又以陈代文学为甚。以诗歌而言，说到“齐梁”似乎已尽，“陈代诗歌”的概念在文学史上几乎是不存在的。这一方面是因为陈代历史短暂，陈诗的风格多有沿袭齐梁诗风的一面；另一方面，则是因为我们对南朝诗歌的了解，较多仰仗于《文选》和《玉台新咏》，而这两部总集均编辑于陈之前。于是，陈诗的存在，除了陈后主之作屡屡作为“亡国之音”的代表被后人提起，总体上它几乎成为文学史上的盲点。20世纪80年代以后，学术界对南朝文学的评价发生了很大变化，包括“宫体诗”的创作这一历来受到严厉鞭笞的现象，人们也开始注意到其在文学史上的积极意义。由此带来了一个有待解决的问题：过去对陈代文学的轻忽与否定是合理的吗？陈代文学中最重要的部分——诗歌，有无作为一个独立的研究对象的价值？如果有，其特点何在？在南北朝至唐代诗歌的演变过程中，它又是一个什么样的环节？笔者认为，对这些问题加以全面而深入的解析是必要的，这将深化我们对中国文学——尤其诗歌史的认识。

对陈代诗歌做全面的研究确实是有必要的。首先一个问题是要将“陈代诗歌”作为一个独立的文学单元来看待，探讨它的特点与价值，在南北朝至唐代诗歌演变中的独特意义。这样说是可以找到根据的。

其一，陈诗具有独特的社会背景。南北朝长期对峙的局面，到了陈代已接近尾声，陈王朝（尤其到后主时代）只是一个在北方政权强势压迫下随时可能倾覆的苟安的存在。而南朝的士族群体，在梁末大乱中也几乎被消灭，陈代残存下来的士族文人原来的家族地位并不很高，既缺乏干预政治的势力，也缺乏干预政治的雄心，危机状态下的生活使陈代文人更容易感受到生命的无奈，同时也更多地培育了他们对艺术的敏感。所以陈诗具有跟以前诗歌不同的气质。

其二，陈代虽然时间不长，却是南朝诗歌艺术趋向成熟的时期。不仅五言律诗已大体定型，诗人对此的运用日渐熟练，七言歌行和绝句也继齐梁之续进一步形成显著的特点，各种诗体的语言差异和抒情功能的分化越来越明显，陈诗的发展状况与唐诗有非常密切的关系，如初盛唐流行的七言歌行体的许多特点是沿陈诗而来的，这方面有不少东西有待总结。

其三，陈代诗人过去在诗史上的评价不高，但实际上像徐陵、江总、陈叔宝、张正见诸人，都有自己的创作特色。

他们在诗歌形式、意境、意象、语言诸方面所做的努力，给予后代诗人很多启发。譬如把佛教思想的某些成分不是用宣说的语言而是用微妙的诗歌意境来表达，这在陈叔宝诗中已见端倪。陈代诗人在诗史上的作用、贡献，需要给予应有的重视。

其四，这一时期北方文学已发展到相当兴盛的阶段，有些研究者甚至认为这时已是“北盛南衰”。在后来隋唐统一、南北文学合流的过程中，作为北方文学的陈诗究竟起着什么样的作用，这是值得注意的问题，而研究这一问题的前提，是对陈代诗歌本身做出比较清晰的分析。

研究陈代诗歌面临一个很大的难点，就是：陈代时间短暂，活动于这一朝代的诗人或是由梁入陈，或是由陈入隋，基本上只是活动于陈代的诗人反而很少。而这些诗人的作品，要清楚地分辨哪些作于陈，哪些作于梁或隋，又是极不容易的。本书讨论“陈代诗歌”，做了两种不同的处理：在描述陈代的文学活动、诗歌风气、诗歌特质时，尽量避免涉及非陈代的材料；而在做诗歌格律统计以及诗人个别研究时，则不对具体作品的实际写作年代加以严格的鉴别。后一种处理，犹如丁福保编《全汉三国晋南北朝诗》、逯钦立主编《先秦汉魏晋南北朝诗》，其所指称的“陈诗”乃是以人为目。这种处理当然不很精确，但相信其结果仍是反映着陈诗的大体面目与一般特点。

（马海英《陈代诗歌研究》，学林出版社，2004 年）

《世说新语会评》序

早几年我在复旦中文系给本科生开讲“《世说新语》精读”课程，刘强君正挂在我的名下攻读博士学位，于是请他担任这一课程的助教。让博士或硕士研究生担任助教的工作，是近年来高校里一种流行的做法。要说原因，一方面是教师队伍里“助教”这一职称早已名存实亡（按规定博士任教的初始职称为讲师，而老牌大学如今非博士不用），另一方面也是给研究生增加一些生活津贴。不过那真是不起眼的“碎银子”，以至主讲教师不好意思让做助教的研究生干多少活儿，宁可自己担了。我通常也是如此，只不过对刘强有些例外。

刘强之所以为例外，是因为他对《世说新语》以及相关研究资料的熟悉程度常常要超过我。他原来在上海师大读硕士学位时，学位论文就是以《世说新语》为对象的，后来到复旦攻读博士学位，我同他商量论文题目，他左思右想，决定还是做《世说新语》。这样前后加起来，就有五六年的时间沉浸在这部古书里。他还写过一篇《二十世纪世说新语研究综述》，许多问题说起来真可谓头头是道。我有什么事情懒得查考时，直接问他就行了。这真像韩愈说过的，“弟子不必不如师”。

刘强博士论文的题目为《世说学引论》。这一题目包含了一个宏大的设想：在对历代《世说新语》研究加以分析、归纳和综合的基础上，将前人偶尔提及的“世说学”概念，扩展为一种全面、系统的专门之学。这篇论文在提交答辩时引起很大的关注，表示赞成或质疑的意见都有。但不管怎样，大家对论文所表现出的学术创新意识和坚实的研究工作，尤其是扎实的文献功底，都抱着欣赏的态度，给予了相当高的评价。在刘强所提出的“世说学”框架中，评点是一个独立发展的系统，他对历代的评点做了深入而详尽的探查。如今《世说学引论》尚未正式成书出版，而作为其延伸部分的《世说新语会评》却由于性质单纯、资料性强而在先问世了。

《世说新语会评》在两个方面具有重要的价值：一是对《世说新语》本身的研究。大家都知道，魏晋是中国历史上一个非常特殊的时代，而《世说新语》作为生动体现魏晋思想文化特征的经典著述，历来深受读书人的珍爱。后代对它的评点，颇有探幽发微之见，如《文学》篇第六十六条，明人王世懋评云：“以上以玄理论文学，文章另出一条，从魏始，盖一目中复分两目也。”这是最早注意到《文学》篇条目编排的特殊情况，并由此涉及《世说新语》编纂时代“文学”一语含义之变化的评论，语虽短小，关系甚大，对我们深入理解文本很有益处。进一步说，后人对《世说新语》所载故事的欣羡或惊诧、反感，亦颇能见出此书的时代特质，以及中国文化传统的变迁。再一个重要的方面是在批评史。中国古代文学批评，像《文心雕龙》那种具有完整系统的理论著作为数较少，而松散自由的评点则特别发达。评点作为批评的形式是有缺陷的，古代文人在逻辑思维方面修养的不足和性情的懒散，可以从这里看出来。但事物之短长往往不可一概而论。正因为评点不以完整而系统的理论形态出现，不需要把批评者的思想强行塞入人为的理论框架中，它总是显得生动活泼，能够体现个性，其评骘利病，往往能以只言片语切中肯綮。而中国小说的评点，正是始于南宋刘辰翁评点《世说新语》（刘强认为刘应登批注本《世说新语》亦兼事评点，其刊刻更在辰翁书之前，此处暂不详论）。因此，汇集《世说新语》的评点为一书，对于追溯这一种具有中国特色的文学批评形式的发展历程，分析其利弊得失，也是很有必要的。

评点之作文辞短小琐碎，散在各书，前人虽有汇编，但大体也是集中于数家，要完整地加以汇辑，十分耗费精力。在刘强的《世说新语会评》之前，上海古籍出版社印行之朱铸禹氏《世说新语汇校集注》一书，曾以眉批形式辑录诸家评点，为读者提供了方便，我在教学中也曾用为参考。然此书实有重大缺陷，尤其录程炎震《世说新语笺证》百数十条，皆作己见出之，实是有悖学林常规。刘强作博士论文，在基本文献资料方面下过很大功夫，在翻检各种《世说新语》旧本时，特将前人评点逐条辑录，后又广览群籍，搜罗相关资料，积存渐富。今辑为《世说新语会评》，且以影宋本与袁本对校，版本价值及文献价值得以保证。若求全责备，或有未逮，但迄今为止，其汇录最为系统而宏富，对研究《世说新语》并小说评点大有助益，则未为过誉。它会受到读者的欢迎，应无疑问。

成书过程中，刘强有以相询，我以为较难处理的是近人评论资料：一则近世名家在各种不同情形下论及《世说新语》者实夥，搜罗和选择都很困难；一则近人所作多为专门论著，与旧时评点性质有异、面目不同，截取片段，纵能不伤原意，体例上也难求统一。而刘强的意思，则以为近世学术大有发展，诸名家不仅在论及《世说新语》全书时眼界更为宏阔，即对于个别条目的解析，亦每能以小见大，予人以重要启发。适当选录，对读者是很大的方便；而编录一书，方便读者最为要紧。或许他的意见是正确的。

刘强先在上海师大师从曹旭，曹旭兄对学生要求严格是有名的，他在那里得到很好的学术训练。后来到复旦读书，名义上是我的学生，而我则一贯疏散，也没有什么东西可以教他，不过常有所讨论而已。《世说新语会评》将出版，他让我写篇序，我想这对我们过去的往还也可以算是一种纪念吧，遂写下这些文字。

（刘强《世说新语会评》，凤凰出版社，2007 年）

《隋唐文选学研究》序

自西晋挚虞编《文章流别集》迄南北朝之末，有许多文人热心于编撰总集，《隋书·经籍志》总集类称凡“一百七部二千二百一十三卷，通计亡书合二百四十九部五千二百二十四卷”，这些总集几乎全部亡佚，若以汇集历代各类诗文为标准，由萧统主持编撰的《文选》实是硕果仅存的一种，因此它在中国古代图书四部分类中被列于总集之首。说起那些总集的亡佚自然也是可惜的事情，但这与《文选》所具备的功能在相当程度上足以代表它们也大有关系。实际上，《文选》不能仅仅被看作是反映萧统及其周围可能参与选事的文士们的文学趣味的一部书，自《史记》在人物列传中选录传主的文章名篇以来，对不断产生的数量庞大的“文章”（它包括各种类型的独立成篇的诗文）加以评判、汰选、传布、保存，是一项有各式人物参与的前后相续的文化事业，而《文选》则是这项事业在梁代的总结性结果。人们看到《文选》涉及的作者、文篇与《文心雕龙》论及的对象在很大程度上相重，首先会想到二书的编撰者、作者文学观的接近，但恐怕那时代的人们对名家名篇的确认彼此间并无很大出入，这里存在着在历史过程里达成的大致的共识与公论。那时代在文章的评判上各执所是、歧见相峙的情形实不似后世之严重。至于《玉台新咏》选诗与《文选》明显不同，其实更多地与二书性质相异有关。另一方面，《文选》也不能仅仅被看作是一部娱心悦目的文艺书，它代表了汉魏六朝文学的正宗与传统，同时也是一种知识的总汇，尤其是关于如何运用高雅的语言精致和恰当地表达人生情感与志趣的知识的总汇。《诗》曾经是高雅语言的典范，夫子称："不学《诗》，无以言。"而生活变得复杂，精神世界变得丰富了，语言必须与之相适应，新的范本是不可缺少的。看唐人命小儿诵《文选》的记录（如杜甫《武宗生日》诗嘱儿"熟精文选理"），应是首先有"无以言"的考虑吧。再往后，以一部书来承担复杂而多样的文化功能的情形遂不复存在，所以《文选》成为专学自有其充足的理由。

20世纪前期中国的学术研究开始走向现代，而"文选学"虽也不乏新创的成果，却始终未成为学术界关注的重点。或以为这是因为"五四"新文化运动的健将以"选学"因其本身的特点所限，很难带给人们创造的兴奋。至50年代以后，它终于衰落到了极点，据王立群先生《现代〈文选〉学史》统计，自新中国成立初至1977年，内地"文选学"研究论文总共仅有六篇。但似乎是证明了物极必反的道理，在这以后的二十余年间，“文选学”终于又成为古代文史研究中颇见兴旺而成就突出的领域之一。这首先当然是得益于整个社会学术活力的复苏，同时也另有个别性的缘由：过去数十年间海外尤其日本学者在这一领域内的研究工作并未间断，他们的丰富成果被介绍引进后给内地学者带来一种刺激；而最重要的原因则是近些年来多种珍贵的前人所未见的《文选》版本相继被发现或由秘藏而转为印行流布，为“文选学”的再兴提供了条件，因而吸引了众多研究者贯注心血与才智于此。汪习波君于两年前完成的博士论文《隋唐文选学研究》也是这一热潮中的产物。

“文选学”的成立和全盛阶段都是在隋唐。汪君此书以隋唐“文选学”为研究对象，这是在做一桩清理本源的工作。说来既然隋唐“文选学”如此重要，前人当然不可能轻忽视之，自六十多年前骆鸿凯注《文选学》以来，专家学者在这方面实已多有发明。但由于资料的匮乏、投入力量的不足，全面和深细的考察仍久付阙如。汪君在充分总结前人研究成果的基础上，细研旧籍，又尽量利用各种晚近所出资料，如敦煌写卷、日本所存古抄本《文选集注》、中国台湾“故宫博物院”所藏宋代陈八郎刊本五臣注《文选》，以及出土墓志之类，断文残卷，片言只字，凡涉紧要处，皆一一爬梳，比照钩稽，索其隐情，以求“对隋唐‘文选学’做比较全面的论述”。此本难为之事，要说毕其功于一役自是不能，但这一尝试在“文选学”研究方面无疑具有十分重要的意义。

对本书做全面介绍不是这篇短序预定的任务，其研究成果应如何评价读者亦自有明断，但它的某些长处我想仍值得一说。这本论著很值得赞赏的一个特色是对文献源流的细致考索。古籍流传的情况十分复杂，据今之所见以论古，稍有不慎便生错谬。如《文选》最重要的李善注，人们每每凭借常见的南宋尤袤刻本和承此而来的清胡克家刻本论其是非得失，但由于李注的原貌本非尽然如此，其所论难免有落空的危险。此书专门论析了《文选》李善注的成书与文本变迁问题，对这方面的大致情况做出了可信的描述，尤其是证明了李注在写本时代就存在多种文本形态，后世刻本并非单纯依据某一文本成型，这对我们理解和研究现存的李注提供了重要的条件。而重视文献源流这种学术素质是贯穿于全书的。还有，虽然此书的基本工作是考证史实和比勘文本，大量文字篇幅均用于此，很多地方不避琐细，但这并不意味着作者所关心的只是一系列个别存在的现象与问题；恰恰相反，“知识与思想世界”的情形，汉唐学术文化变化之大势，始终是这部《隋唐文选学研究》的总体视野。在这一大视野下，作者对许多具体问题形成了自己独特的看法。这种研究态度和方法想必受到葛兆光《中国思想史》的启发，而在向来的“文选学”研究中则是少见的，深入下去，会给这一学术领域带来新的变化。我读此书，每有不能满足的感觉，除了偏于技术性的问题，更多是由于作者立意甚高而力量尚有未逮——然而立意甚高，岂非值得嘉许之事？

往年汪习波君读书期间，曾选修我所讲授的课程，课余闲谈，知道他对学术研究很有喜好。毕业后汪君在机关工作，总不免心存遗憾。如今他的博士论文得到正式出版的机会，多少也是一种弥补吧。它或许并不那么耀眼，却自具与众不同的光泽。

（汪习波《隋唐文选学研究》，上海古籍出版社，2005年）

《徐渭诗歌研究》序

说起来是20世纪的事情了：1987年，我和老友贺圣遂合作的《徐文长评传》由浙江古籍出版社印行。一本十来万字的小书，品相简陋，印数又少。但那是我们第一部正式出版的学术著作，当时是费过不少心血的。近年常有朋友提起将这本书重印，但完全照旧吧，自己不能满意；彻底改写呢，又缺少时间，只好由它去了。张淼君于2005年到复旦，在我名下攻读博士学位，她选择《徐渭诗歌研究》作论文题目，引起我一种像是怀旧的心情；如今这部论文成书出版，我更为之感到由衷的高兴，好像弥补了自己的过失。

研究一位诗人的创作，必要的基础是编定年谱和作品系年，由此显示其一生主要的踪迹和写作的过程。从徐渭来说，年谱较为容易，因为他给自己编过一份《畸谱》，纪事直到七十三岁即人生最后一年，虽然简略，但行止之大端颇为清楚。在张淼的论文中，跟年谱有关的内容，有一组《徐渭行踪路线图》，让我觉得很有趣。徐渭一生多次远游，张淼根据明代驿道的资料，在地图上标出他每次出游的路线、途经的地点，并说明各驿站之间的距离，读图犹如追随诗人当年的行程，徐渭同我们的关系似乎变得更亲切了。而作品编年，因为需要从作者更具体的生活情状来考察，事情要麻烦些。往年我们写《徐文长评传》时对一部分作品做过系年，但占全部作品的比例不高；后来徐朔方先生编《徐渭年谱》，显著提高了系年作品的数量。而张淼这部论文，又在徐先生工作的基础上增添了七十一首。这说起来也不是什么惊人的事情，但要做到“后出转精”，其实是更加困难的，每增一首都得仔细斟酌。

另一项基础性的工作是，对徐渭诗歌编集、刊刻、流播以及选入总集情况的考察。到目前为止，张淼的论文在这方面大概是做得最仔细的吧。从嘉靖四十一年（1562）抗倭名将俞大猷欲赞助徐渭刻书开始，徐渭生前死后各种集子的编刻过程及各种本子的优劣，明清各种诗歌总集选录徐渭诗歌的情况，直到中华书局校点排印本《徐渭集》存在的问题，包括误收、重收、失收，乃至误字、脱字、衍字等，她都作了清楚的说明。由此可知，她写这部论文，在文献梳理与解读上花费了很多的精力。

“说话要有根据”，这句大白话其实是学术研究的首要规则。我从上面说的两项基础性工作来介绍此书的优点，就是为了说明它是从坚实的材料考证出发的。就像造房子，基础要牢实，光顾着雕梁画栋，门面好看，不能够让人安心。

博士学位论文重视文献材料的搜寻、梳理、辨析，当然也很常见。有时因为偏重考证，文章读起来非常沉闷，虽然不好说是“缺点”，总是于心未洽。张淼的论文不是这样，她对徐渭诗歌的解析，运用多种理论手段，不断变换角度，写得很轻灵，透着一种女性的巧慧。也许是做材料工作感到疲累了吧，做理论分析便情不自禁地随意跳动起来，这样可以有更多的自由发挥和自我欣赏。

和一般同类论著大抵以作者生平、思想、创作、历史地位与影响为序分立章节大相径庭，本书首章《徐渭诗歌文学史三调》，是讨论“徐渭诗歌在明清时代声名播迁的历史，步入早期文学史的具体进程，它的书写与时代背景”。这好像是把前述常规构架的最后一项内容提到最前面来了，我初读这篇论文时，对此颇有惊愕之感，仔细读下来，才明白它的意义。一个所谓“文学史人物”的面貌，不仅是由他的创作决定的，同时，这也是由不同时代中各样的人对他的描述、评价和阐释决定的。因此，当我们说“徐渭”或“徐渭诗歌”时，很可能意识不到其中已经融合了多种历史元素。张淼借用柯文在《历史三调：作为事件、经历和神话的义和团》一书中所提出的史学理论，对“徐渭诗歌文学史”的命题进行分解，以探究这一历史是怎样被塑造的，我们如果想要抵达真相，途径何在。简言之，想要谈论徐渭，首先要找到徐渭。这确是别出心裁的安排。

以后各章，看起来也都不太符合常规，步态跳脱。张淼好像不会一二三四、按部就班地说话，其实她是挑选一些具有关键意义的话题，以求更强烈地凸显徐渭诗歌的精神世界。这些话题彼此呼应，构成了内在的完整性。

谈论徐渭，一个特殊的地方在于，他是一个天才和精神病人，他常常是亢奋和高度敏感的，又常常因为同外界压力相对抗而处在焦躁与狂乱的状态。这种个性特征是怎样体现在诗歌中的呢？反过来说，诗歌写作为艺术创造的过程，对于消解诗人内心的紧张，又起到什么样的作用？这是理解徐渭诗歌的关键问题。张淼的论文对这一问题表现了高度的关注，同时也以清晰的解读方式、漂亮的语言，显示出她理解人物与文学的很好的才情。

举例来说，我在写《徐文长评传》时，曾经以《丙辰八月十七日与肖甫侍师季长沙公阅龛山战地遂登冈背观潮》一诗中“蝇母识残腥，寒吻聚秋草”“怪沫一何繁，水与水相澡”之类怪异的意象，分析诗中潜在的烦闷与躁动的情绪和由此体现的诗人的性格。张淼显然觉得这是不够的，她在这里恰当地引入福柯关于疯癫与艺术品之间关系的理论（《疯癫与文明》），并联系其他众多诗篇，认为徐渭诗歌中经常出现一种将疯癫驱赶到边缘的情感结构。还有，张淼特别注意到徐渭偏爱白色意象，在经过对一系列诗篇的分析之后，她提出一个简洁的结论：“白色，是纯洁的颜色，也是虚伪的颜色。徐渭诗中的白色意象，很鲜明地投射了他的心理：对纯净的理想生活的虚拟与建构。”这说得很动人。

诗是微妙而精致的情感形式，理解诗有赖于对语言的敏感，我初读张淼的论文，一下子就感觉到这种敏感是她的长处。徐渭有一首《南海曲》："一尺高鬟十五人，爱侬云鬟怯侬胜。近来海舶久不到，欲寄玳瑁簪未曾。"徐朔方先生认为这是徐渭二十二岁时思念妻子潘氏所作，张淼说："如果真是寄内，因欠庄重的情感在古诗中显得有些不伦不类。"她的体会不错。读者倘能仔细读这本书，处处会看到张淼对诗歌语言的敏感，它以生动的气息，婉转有姿地流转于各篇章之间。

依照学校的规定，导师对博士生的论文负有指导的责任。我没有什么可以指导别人的，惯例只是在他们动手作论文时，提出两个要求：一是说话要有根据，二是要说自己的话。张淼的论文达到了这个要求。论文答辩后我建议修改一下提交出版，修改的意见是结构更严密些，分析更详尽些。她不以为然，以为轻灵才好看吧，并没有做多少修改。在我是已经尽到了责任，因为做导师是有工资的，虽然不多。

（张淼《徐渭诗歌研究》，光明日报出版社，2011 年）

《情商中国》序

《情商中国》是一本颇有点特殊的书。它试图讨论情感和利益两者之间的关系，并由此出发讨论商业运营、企业管理的规则；它好像兼有社会学、文化学和企业管理学的多方面性质，但同时又是作者人生经验的总结。

我们静心一想，立刻会明白：情感和利益，其实就是每个人在世间最根本的需求，一般做学问的人不会拿这两个话题来写一本书。但徐彦平的学问别有性格。他生于酉阳武陵山区，那地方位于川、鄂、湘、黔四省的接壤处（现划归重庆市），峰高林深，与世相隔。一个穷孩子，走出大山去当兵，而后爱上文学，一心要成为有成就的诗人，又因为哀悯母亲生活的艰辛去寻求财富，成为资产不菲的商人，如今更探试国际商界，欲有更大的施展。一生走来，波回路折，世道人心，所见多矣！而在他看来，一切是是非非，成败得失，归根到底的问题是如何看待、处理情感与利益。所以他会写这样一本书；所以这本书不仅可以作为企业家的借鉴，也可以成为普通人观察社会、审视人生的参照；所以这本书读起来很是生动。

情感和道义是诗歌的源头，利益与财富是商业的动力。在中国文化传统里历来有一种偏见，将这两者视为对立的存在。西晋名士王衍“口不言钱”，好像说了一个“钱”字便贬损了自己的高贵与清雅；白居易作《琵琶行》，感觉一个名妓“老大嫁作商人妇”也是令他心疼的事情，因为“商人重利轻别离”。徐彦平不这样看。他梳理儒者对于“义”“利”两者关系的看法，从孔门高足而兼为大富豪的子贡，说到宋朝永嘉之学，明、清的儒商，证明儒门不仅是讲义而不废利；若是优秀的商人，更应该把牟利和行义结合为一体。《周易》“载物”一语，历来是士子自励的格言，也被用作清华大学的校训。徐彦平则将它延伸为一种商业逻辑：商人坚持道义、情义，既以此获取更多的利益，亦以此能够对社会做出更多的回报。

因为中国领导人将要访问瑞士，《新苏黎世报》最近的一篇文章说道：“中国人享受的物质水平高于任何一个历史时期，不过，巨大贫富鸿沟制造的紧张正在侵蚀着社会结构。”这确实是中国社会面临的重大问题。一般人可能认为只有在社会中处于劣势地位的人才会对这一现象产生强烈的感受，它不是富有者的话题。但徐彦平的书里，对此表现了极大的关注。他提出两个基本规则并展开阐发，曰：“不公平产生情绪”“不平等产生情感”。

“公平”是利益交换的原则。尽管，人们对“如何才是公平”持有不同尺度，但只要自觉受到了不公平的待遇，就会产生不满、怨愤。如果社会中普遍存在由不公平所产生的情绪，又得不到消解，持续积累，就有可能激化成强烈的仇恨——由此便导致重大的社会危机。

但人和人之间不仅存在利益交换，还存在情感交换——它与利益交换相反，是以“不平等”为特征的。这里的“不平等”一语与常规的用法不同，但徐彦平对它做了很好的解释：“在人际互动中，自觉把彼置于我之上，侧重于彼，倾斜于彼，形成我低而彼高的态势，情感如此产生于彼心中。”在人际交往中，如果能够更多地考虑对方的需要、对方的感受，对付出的一切并不要求“平等”的回报，就会产生美好的情感，它使双方都感受到生命的愉悦。而“情感”也会成为消解“情绪”的力量，降低它的负面作用。

在徐彦平看来，从企业管理的角度来说，利益交换的“公平”机制当然很重要，因为它是企业正常运行的基础。但光有公平还是不够的。不仅“公平”是一种计较和冷漠的现象，它的尺度也并不能总是定得很精准，你以为“公平”的，对方不一定认为“公平”。所以还需要“不平等”的、非等价的情感交换，需要关联的双方彼此理解，将对方的需求置于优先地位，才有可能造就和谐而温馨的环境和氛围，它将提高幸福指数。徐彦平的公司有一个诗意的名称，叫作“高山流水”，他把自己的管理理论称为“知音文化管理”，就是着眼于此。

我们回到书名——《情商中国》。从事商业活动的人应该是有情有义的，情义当先的，从亲朋到伙伴、员工再到社会，他都负有责任；“情商”又是一种情感能力，对管理者来说，徐彦平认为这是一种“最重要、最核心、最必需”的能力。而面对改革开放以来随着财富增长带来的社会矛盾，他还想说到整个中国，因为如何在如此局面中更好地成全利益和情义，正是对人们的情商的挑战。

最近，国家领导人习近平在天津和高校毕业生、失业人员等座谈时，问村干部杨代显“情商重要还是智商重要”，杨代显回答“都重要”。习近平说，做实际工作情商很重要，更多需要的是做群众工作和解决问题的能力，也就是适应社会的能力。这一报道让人觉得《情商中国》的写作和出版确实很适时。

二十多年前，彦平在复旦中文系读书，常到我这里聊天。一次说到他们山村里有个洞穴状的“喊泉”，你对它大声喊叫：“老天爷，给我喝口水吧！”就会有甘甜的泉水冒出来。他这些年的努力，老让我想起这件事。他是一个重情感而又有能力的人，也许能从“老天爷”那儿喊出更多的水来，惠及更多的人。

（徐彦平《情商中国》，复旦大学出版社，2013 年）

《朝鲜半岛：地缘环境的挑战与应战》序

朝鲜半岛是一个相当特殊的地域。它与中国大陆紧密接壤，距其中心地带也不算特别僻远，在西方势力进入东亚之前，它一直被中国的阴影所笼罩，成为汉语文化圈的一个组成部分；当日本“脱亚入欧”，成为一个富于扩张性的军事大国之后，它又一度沦为日本的殖民地；二战后形成以美苏为首的两大阵营的对立，半岛地区因此分裂为南北两个国家，并一度成为两大阵营角力的战场。直到如今，大国环峙的朝鲜半岛仍是世界上危机一触即发的热点地区，因朝鲜核武装问题而召集的六方会谈，各方利害交错，互有制衡，正是历史的一幅缩影。说来每一个民族国家的发展过程无不深受地理环境——包括自然地理与政治、文化地理——的影响和制约，但像朝鲜半岛那样的情况，仍是非常突出的。

但世代居住在朝鲜半岛上的人们并非只是被动地为环境

所制约，他们同时也挑战环境，创造了自己的生活。近代以前朝鲜半岛的历史进程固然深受中国的影响，但在这片土地上却一直存在着虽表示顺服却又保持独立的政权；朝鲜半岛的文化固然是在中国文化的培育下成长起来的，却又从未失去自己的民族特色。曾经受到日本殖民统治的历史，使得半岛上的人民对日本的右翼势力格外警觉，他们维护民族尊严的激昂姿态给也曾遭受日本侵略的中国人留下了深刻的印象。在显示创造性智慧方面，近数十年间南部的韩国所获得的成就更是令人钦佩。大者不论，就是娱乐领域内“韩流”横扫中日，韩国的俊男俏女演员们所到之处令崇拜者如痴如狂的景象，也颇有象征意味。

了解邻国是我们了解世界的开始。而朝鲜半岛上同一民族的两个国家，目前与中国都有着密切的关系。北方的朝鲜民主主义人民共和国在国际格局中的动向是令人关注的，南方的大韩民国与中国的经济、文化交流也正方兴未艾，韩国留学生几乎在所有的中国高校中都已经成为最大的外国留学生群，这自然会引发我们对朝鲜半岛的浓厚兴趣。进一步说，了解朝鲜半岛也是了解东亚国际关系的一个关键点，这种国际关系对中国而言更是具有无可比拟的重要性。作为这一地区在漫长的古代一直向外输出文化和占据主导地位的国家，从 19 世纪末开始，中国一而再、再而三地挫败于率先西化的日本，同时也以日本为中介汲取先进的西方文化，走上了艰难的变革道路。近现代史上中、日以及朝鲜半岛之间的恩恩怨怨原本数说难尽，而随着中国在改革开放的过程中重新崛起，东亚的地缘政治更显现出一种新的复杂势态。重续历史的亲缘，在和平的气氛中谋求共同发展，相信是各国人民共同的心愿，但往日的宿怨和现实的利益冲突却也足以酿造不测的危机。生活在这片土地上的人们具有足够的智慧来应对他们面临的紧张吗？

“以史为鉴”是人们常常说起的一句话，现实说到底也就是诸多历史之因结成的果。然而对于东亚的历史，迄今为止我们所做的解析却远远不够充分。所以，邵毅平先生这部《朝鲜半岛：地缘环境的挑战与应战》的出版，是一件值得庆贺的事情。在这本书里，我们不仅能够获得关于朝鲜半岛的知识，而且由于作者的眼光着重于它的地缘政治和地缘文化，我们也得以在必要的深度上了解东亚地区的历史文化与国际关系，这里从以中国文明为主导的传统秩序演化为以西洋价值观念为基础的新的国际秩序的过程，从而得以通过把握历史来明了现实。

这本书并不厚，但写作所需的知识背景却很复杂，而邵毅平先生在这方面恰好具有特别的优势。他是研究中国古典文学出身，一度赴日本任教，后来在中韩建交前夕被韩国大学聘为客座教授，成为中国大陆在韩国大学执教的第一人，留居五六年。邵先生懂得英语和日语，韩语则尤为精通——

日本的韩籍学者、京都大学金文京教授曾亲口告诉我，邵先生的韩语说得和韩国人一样好。另一方面，我和邵毅平先生交往多年，深知他是一位诚实谨重的学者，明辨慎思，素不喜空阔浮华之论，有所著作，皆有厚实的根底。总之，知识、经验、学风共同造就了本书优异的素质。它的内容所涉及的范围很广，时间跨度也很大，但始终注重在占有第一手资料的基础上展开个人的思考。有一个例子颇有意思：作者阅读属于朝鲜王朝官方实录性质的《承政院日记》时，注意到它原来是使用清王朝年号的，但到了“光绪二十年（1894）甲午七月二十八日”那天，也就是甲午战争全面爆发后不久，开始在书写清朝年号的地方留出五个字的空格；而到了同年年底即清朝的败局已定时，开始在空格处用小字补上朝鲜高宗的年号。正如作者所说，这一初看之下并不显眼的小痕迹，令人感觉到“历史活生生的演出以及朝鲜半岛脉搏的微妙颤动”。在这里，宏大的视野和细致的考察得到巧妙的结合，这种写作方法不仅使作者能够就如何理解朝鲜半岛民族、如何揭示其行为背后的根本原因等方面给我们有益的启示，同时也让我们的阅读变得生动有趣。

我不想在这篇短序中对本书的内容作更多的介绍与评议，它既具学术价值又具有可读性的特点或许可以用下面的事实来证明：本书几年前就已在中国台湾出版，一方面，台湾政治大学韩文专业的有些课程将其选为指定教科书或必读参考书；另一方面，它在普通读者中也成为广受欢迎的畅销书，印行了多种版本。相信中国大陆的读者同样会喜爱这本书。

（邵毅平《朝鲜半岛：地缘环境的挑战与应战》，
上海古籍出版社，2005 年）

《世道人心说西游》序

三个精怪——猴子、猪和大鲶鱼，跟着一个白白净净、哭哭啼啼的和尚去拯救人类。他们走很长的路，遇上各种各样其他的精怪，狮子、老虎、大象、蜘蛛、鲤鱼以及老鼠等，然后打架，一关一关打过去。其实他们谁也拯救不了，但是路上还是很热闹的。这跟打游戏一样，打的时候非常紧张，十分有趣，打完了啥事也没有。所以鲁迅说《西游记》乃是一种游戏的小说。

但是也有人不赞成这么看。历来都有人认为《西游记》实包含了深刻的喻意，比较集中的就是，肖能在这本书里提及的那层意思：孙悟空从胡作非为到修成正果，可以理解为一个人克服狂荡的心念而回复清静本心、彻悟世界之空性的过程。而对各种具体情节的象征意义的诠释则是各有妙论，五花八门。南怀瑾老先生对《西游记》说过很多话，他认为《西游记》“是一本道书，许多修行道理都藏在故事里”。南先生所说有两句我印象颇深：一句说“须菩提同我一样，不准任何人在外面说是我的学生”，这个是南先生暗暗评价自己，跟小说关系不大；一句说孙悟空那根金箍棒“又软又硬，可大可小”，“就是男人那个东西”，对不对不知道，总之蛮有想象力。

说《西游记》是游戏小说应该不错，这个不需要很多分析，读起来令人欢喜发笑的地方都是这种游戏特性的发挥；说《西游记》有哲理性的象征喻意也不错，因为作者唯恐人不知，在小说文字中再三做出明确的提示。譬如孙悟空师父菩提祖师的道场，是在“灵台方寸山斜月三星洞”，灵台是心方寸是心斜月三星还是个“心”字！重要的事情真的要说三遍哦。二者矛盾吗？倒也并不。也许可以说，在《西游记》里，游戏也是哲理，哲理也是游戏。

我在大学里讲文学史课，把《西游记》称为“大小说”。这不是说它规模有多大，而是说它有非常广大的阐释和演绎空间。这种空间是如何得来的呢？就是因为作者从来不用固执和单一的立场来看待事物，他的态度机智多变而诙谐有趣，许多在一般人看来是对立而难以相容的因素在《西游记》里轻松愉快地并存着。你看《西游记》天上地下、佛祖妖魔很神奇是吧，可是不拘什么角色弄不准一开口就是市井或乡间的俗腔。妖精很可怕吗？谈起恋爱来缠绵得很！猪八戒很蠢？只不过诗写得差一点，好多话说出来真是机趣横生。你如果想用固执的理论去读解《西游记》，很容易上当的。20 世纪五六十年代曾有一种流行的观点，就是认为孙悟空的形象是“农民起义”的象征。你看他闯龙宫、扰地府、闹天庭，叫嚷“皇帝轮流做，明年到我家”，差不多是一个“革命英雄”了。可是他造反失败，并没有高呼口号壮烈牺牲，而是乐不颠地撅着个猴屁股跟随唐僧上西天取经去了，路上遇到麻烦，不是拜佛便是求神，完全和从前的敌人站在了一起。你难道非要说他“背叛革命”才觉得过瘾吗？

因为这个，读《西游记》令人非常快乐，并且深知思想解放之美妙。我看迪士尼的动画片，不禁长叹：这些玩意儿怎么能跟《西游记》比？随便拎起个小妖翻新出奇，也能演出一台远胜过它们的好戏。也是因为这个，《西游记》永远也说不完。每个人都有自己的生活经验、艺术趣味、人生态度，抓一把跟《西游记》一炒，味道大不相同。只要不是死板地谈什么“证道”，人还有趣，文章自然好看。我前年出过一本《游金梦》，一部分文章是说《西游记》的。肖能是我学生，这回也说《西游记》，照样比我说得好。

早些时候有家报社的记者采访我，谈《西游记》改编的问题，问我：这种改编要不要考虑忠实于原著？我说，对《西游记》而言，不存在这个问题。唐僧师徒取经的故事在很长的历史过程中经历了丰富的演变，直到小说《西游记》形成，仍然保持着一种开放性；小说中异想天开、视角灵活的情节，为后人留下了无穷的演绎空间，只看改编者才华够不够用而已。当然，我这说得比较认真，你若去问周星驰，他大概回你一句——忠你个头啊!

（肖能《世道人心说西游》，复旦大学出版社，2017 年）

《鲍照诗接受史研究》序

罗春兰的博士论文《鲍照诗接受史研究》完成于2004年春，距今十余年了。到现在才提交出版，一方面是她的慎重，另一方面也说明论文的成果经得住时间考验。我往时曾忝列导师之位，对于这本书的问世，有很多理由感到高兴。

接受美学的理论被介绍引入后，在20世纪90年代前后引起学界很大的关注，因其学理颇有深度而牵涉面亦广，不少年轻学者对之饶有兴趣。罗春兰正是在这一背景下选定了自己的博士论文主题，并以此为接受美学在中国古典文学研究方面的运用提供了一个出色的范例。所以，尽管这篇论文没有公开出版，仍屡屡被研究者引用或提及。

不过，“某某诗（或文）的接受史”一类的题目其实也很容易做滥。张三李四，小有成就，总有一个认同和影响的问题。只要略熟悉接受美学的思维逻辑和基本概念，随便找一个对象，总能说出一点东西来。要想做得有深度有新意，则需要有更恰当的选择和细密的考虑。

评价一个诗人是否伟大，最重要的是要看他对后人的启发有多大，这是接受美学的一个基本观点。东晋与南朝诗人，现在一般的看法，大抵是以陶渊明、谢灵运、鲍照为成就最高吧。三人之中相与比较而区别高下，则有各人喜好的问题。譬如若是依苏东坡的见解，中国诗人中无人可以比肩于陶渊明。但如果客观地从诗体、主题、意境与语言风格各个方面来考查，鲍照的诗歌无疑是独创性最强，对后代尤其对唐诗的影响最大的。从这个意义上说，研究鲍照诗的接受史，有其特殊的价值。

另一方面，从南朝到唐代，对鲍照诗的认同又经历了一个曲折的过程。钟嵘《诗品》说鲍照“才秀人微，取湮当代”，对此表示了不平。但尽管如此，也只是将这位第一流的诗人置于中品。鲍照的人生道路，是向着士族门阀制度抗争的，同时又是郁郁不得志和悲剧性的。以前左思也曾用诗歌抒写对门阀制度的不满，但他终于“高步追许由”，以隐士的高蹈作为精神解脱之路。鲍照却不然。他是一个性格和人生欲望都非常强烈的人，毫不掩饰自己对富贵荣华、及时享乐、建功立业等种种目标的追求，并且认为以自己的才华理应得到这一切。而当他的努力受到社会现实的压制、世俗偏见的阻碍时，心灵中就激起冲腾不息的波澜，表现出愤世嫉俗的深沉忧愤。这是窥见鲍照的作品何以形成其独特风格的门径。因而在门阀势力依然强盛、贵族趣味受到推崇的南朝，鲍照诗很难得到真正的赏识。而到了唐代，鲍照的诗越来越受重视，也正是因为这背后存在复杂的社会结构的变化和艺术趣味的变化。

所以，所谓文学史，从来就不存在稳定不变的所谓“真实”面貌。文学史是一个不断被重新描述的而逐渐获得稳定的过程，经典作家的地位也要经过反复的审视才能逐渐确立。通过罗春兰对鲍照诗接受史的评述，我们可以从一条重要的流脉，对于从南朝到唐代诗歌的发展变化，获得一种较以前更加生动而具体的认识。

运用西方文学理论研究中国古典文学，弄不好会显得生硬勉强，而罗春兰的论文在这方面毛病比较少。她的长处，一是对西方理论较为熟悉，对相关的思维逻辑与基本概念把握较准；一是古典文献的基础比较坚实。因此，只要不故意炫耀新奇，重材料而求平实，就能够通过一个新的视角把事情说明白。奇异的风调是少一点，但她也许和我一样，认为把事情说明白更为重要。

罗春兰从复旦毕业之后在南昌大学任教，这些年来，各方面长进不少。这本博士学位论文，已经不能完全体现她现在的学术水准。但它的学术价值还在，而对于往日求学的生活，也是很好的纪念吧。

《跟着唐诗宋词去旅游》序

旅游正在成为中国老百姓日常生活的一部分。在远方，在异地，观览未曾见过的风景，认识陌生的习俗与人情，这使我们的生活获得新的展开，令人兴致勃勃，饶有趣味。

但万事皆因人而异。在某种情形下，旅游也有可能显得颇为无聊。常见游玩的人群到了某个景点，争相围绕一些标志性的建筑、雕塑、题字拍照留念，觉得这样就不负此行：而不肯下功夫的导游则胡编乱造一堆粗滥的“掌故”，逗得游人哄堂大笑，于是皆大欢喜。这么一圈回来，你问他玩得怎么样，回答常常是“没什么意思”。大家对一种很坏的习惯——在景区乱刻“某某到此一游”——非常不满，但这类人内心多少有些无聊。“没什么意思”，刻个字也罢。

那么，怎么才叫“有意思”呢？

我们来说一个中国古人常用的非常有趣的概念，叫“造化”。它是一种创造和化育万物的力量，却不是神，不是上帝。它是否有意志呢？古人也不愿深究。你也可以把它理解为天地宇宙内在的生命力，它是永恒和无限。

作为个体存在的生命短暂而渺小，这给人带来许多焦虑。当人们面对自然的时候，万象森然，宏大、壮丽而精妙，喻示着“造化”的神奇与活跃。人在自然中，会感受到自身与永恒之间的联系，体会到正是“造化”源源不绝地将一种智慧注入到我们的生命之中。

王羲之的《兰亭》诗：“寥朗无厓观，寓目理自陈。大矣造化功，万殊莫不均。”用白话来说，就是：辽阔而明朗的世界无边无际，当人们注视它的时候，世界的真理就自然而然地呈现出来。伟大啊，造化的业绩，一切存在之物都蒙受它的恩惠。

所以说，自然就是最显著的“神迹”，也是创造者存在的直接证明。杜甫写泰山诗句“造化钟神秀”，隐含着这样的意味。

中国古人还有一个重要的概念，叫“天人合一”。它可以从多个层面来阐释，其中之一，是人与自然的和谐，并由此达成人与天道的一致。

从这里引发出一种思考：相对于天道的永恒而言，从人类社会的权利结构产生的规则和价值是不稳定的，根据这种不稳定的规则和价值来确认的成功与荣耀是不真实的；当人们在市俗社会中追求荣耀与成功时，他们背离了生命的真实，他们的生命变得轻浮而虚妄。

我曾经特地去浙江桐庐的印渚——这是很少有游人到的

小地方——为了体会《世说新语》所记载的那句十分漂亮的话：

王司州至吴兴印渚中看，叹曰：“非唯使人情开涤，亦觉日月清朗！”

王司州指东晋时曾任司州刺史的王胡之。他赞美印渚的水。清洁之水可以洗涤污物，这是日常经验范围里的事情，但说它可以使人情“开涤”——由壅塞而致通达，由污秽而致清爽，就有一种玄妙的意味。简单地说，这就是因为人情融合于自然而获得它的超越性，从而使生命状态转化为宽广从容，成为美丽的生命。有“人情开涤”，进而便有“日月清朗”，这也是自然而然。这里“日月”犹如说天地、世界。用晦暗的心看到的世界只能是晦暗的，而明朗的心则使整个世界呈现明朗。在这个短小的故事里，人与自然的一种精神性关联得到非常生动的呈现。

安徽宣城的敬亭山是一座平常的小山，它因为李白的诗而成名：“相看两不厌，只有敬亭山。”这是静默中的对话。山告诉了李白什么呢？山如何让一个诗人不再寂寞？

山水诗、山水画在中国的文学艺术中具有特别重要的地位，就是因为自然在中国文化中具有特殊的价值。

人在大地上在山川间生存，繁衍；人和人竞逐、厮杀、融合，种种爱恨情仇。人也因此为自然刻上了人文的印记。

譬如说“五岳”。在地理学的意义上它们不相关联，在人文意义上它们划定了华夏文化的核心范围，同时也是帝王通过祭祀礼仪阐述皇权神圣性与人间秩序合理性的场所。山高多云，云天相连，而“天”又象征着一个超越性的意志。虽然，所谓君权“受命于天”，所谓“奉天承运”，你要说它带有欺骗性未尝不可，但山的雄伟与礼仪的隆重，多少显示了权力与秩序的庄肃性。无论如何，“天”的意志作为权力的根源，它要求权力满足道义。

五岳又以东岳泰山为尊。泰山多刻石。现存最早的泰山刻石，为李斯碑，由秦丞相李斯撰文并书写。它的两个部分，先后作于秦始皇与秦二世两代。李斯是秦始皇统一中国和建构中央集权制度时代的丞相，称他为“中国第一丞相”也不为过。而这个李斯在始皇突然去世后，与宦官赵高结成肮脏的联盟，最终又屈辱地死于赵高的阴谋。你今天在泰山的岱庙里看到二千二百年前李斯刻石的残件，通过那些字迹揣摩李斯当年的心态，又会想到什么呢？

我们说旅游“有意思”，就是因为这个过程能够使我们从习惯与庸常中摆脱出来，面向长天大地、高山流水，踏入古往今来，与世上豪杰谈论生与死，谈论高贵与卑怯……我们的生命尝试一种可能，就是更广阔、更超脱、更丰富的境界。

旅游宜于诗。《文选》中有《行旅诗》和《游览诗》两个分类，可以算是中国旅游类诗的上源，其中多有佳作。至于唐宋，流脉愈加错综而广大，两涯风光，目不暇给。

我写《〈世说新语〉精读》的时候，曾经把书中涉及的主要地域走过一遍。建业（今南京）犹有乌衣巷，但连刘禹锡所写的“旧时王谢堂前燕”亦了无踪迹。魏晋名士聚居的剡溪，有一大片建成了水库。当地人怜惜风流，在水库岸边重建了一座支道林故居。拿着古书寻访旧迹，好像隔着时空与古人对谈。

我也曾经想带着杜甫的诗集走一遍他的人生道路。寻访他浪游齐赵的轻狂，看一看《垂老别》中送老翁从军的老妇人倒地哀泣之处，如今是何模样，还有《旅夜书怀》，哪里还能看到“星垂平野阔，月涌大江流”？旅游读诗，犹如与古人做伴，寻山问水，谈古论今。时空在我们的想象中切换，历史的根底，生命的根底，在此中时隐时露。

因此我看到这部《跟着唐诗宋词去旅游》书稿就很喜欢，觉得惬意。它很精美，构思也很巧妙。诗词原作，对原作的解析鉴赏，对所涉风景文物的介绍，还有相关的摄影，有机地组合在一起。原作当然出于历代名家之手，久已脍炙人口；今人的文字和摄影，也都是用心创作而成。如果你没有闲暇，可以拿它作书上游。如果你带着它去旅游，它会给你做伴侣，做导游——素养很高的导游。你会很好地感受到旅游为何“有意思”。

这个书稿也给读者一个启发：我们可以自己制作这样的书。我们选定路线，选定与这条旅行路线相关的古诗词或者古文，然后在行程中读那些诗篇，在景物之中体会原作的美妙，写成文章，配合摄影。这会形成一个精美的而且格外具有个性特征的纪念品。

为什么不试一试呢？

（孟扬主编《跟着唐诗宋词去旅游》，
人民日报出版社，2023 年）

陆羽和他的茶

——余亚梅《“和”解〈茶经〉》序

中国古代每当机缘凑泊，便会出一些奇人，他们给寻常平淡的人世造出意外的风采，人世因此而有味。譬如唐代的陆羽，你看他自我描述的样子，常常是穿着粗麻布的短衫，一条大短裤，独自漫游在山野中，诵着佛经，或者吟唱古诗；一会儿拿棍子敲打林木，一会儿用手拨弄山涧流水。就这么漫无目标地徘徊着，一直到天黑了，兴致也尽了，便大声哭喊着回去。从平常人的眼光去看，这甚是可怪，但作为“奇人”，他有我们所不知道的理由。

陆羽那篇《陆文学自传》整个就是一篇奇文，它用恍然迷离的笔法记述了自己奇特的一生。他是一个被抛弃的孤儿，一个和尚捡到并养大了他。但他懂事了却不爱学佛，要学儒，跟师父倔。师父罚他扫厕所、放牛，这是劳动改造的意思，他嫌累跑了，学演戏、扮小丑去了（唐代还没有正经的戏剧）。他还长得丑陋，脾气坏。

这么说下来，这人恐怕活着也不容易，要成个器实在难了。然而不然，他不知怎么，就是多闻多识，多才多艺。他从年轻时就被当代雅士名流所赏识。权德舆、崔国辅、颜真卿、皎然、刘长卿……哪个不是名标青史，令人肃然起敬？还有风流浪漫的女道士和诗人李季兰，也跟他关系好。事实上他自己就是一个名人，权德舆说他“词艺卓异，为当时闻人”。

所以只能说他是奇人。奇人是天地精华所凝聚，不能以常人的规范衡量。有奇人，世界就变得有意思了。

陆羽曾经有很多著作，他还参加过颜真卿主持编纂的大规模辞书《韵海镜源》，可见他的学问是被认可的。但流传到现在的，只有一部《茶经》。有人很惋惜地说，陆羽其他方面的成就被《茶经》遮蔽了。但是，只留一部《茶经》，也许更能显示他作为奇人出现在世界上的意义。

说起茶叶，谁都知道它和丝绸、瓷器三者，是中国最为广泛而深远地影响全世界人民日常生活的文明创造，同时，这三者也构成了中国的显著标志。

国人饮茶的历史很古老。可能带有传闻性的记载暂且不论，马王堆汉墓出土的物品中就包含陈化的茶叶颗粒，这是最直接的证据。而饮茶成为全社会普遍的日常生活内容，成为世代相沿的习俗，并由此衍生出通过各种仪式来表达的丰富的文化意义，则主要是在中唐。而这种转变的标志，就是《茶经》的出现。陆羽作《茶经》，系统总结了到中唐为止，国人识茶、采茶、制茶、饮茶的历史和其他相关的各方面活动，并进一步阐述了茶文化的原理，明确了关于茶事的一系列规则，所谓“分其源，制其具，教其造，设其器，明其煮”（皮日休《茶中杂咏序》）。有了《茶经》，喝茶成为一件讲规矩的事情；《茶经》之后，于是有茶道、茶艺，有禅茶一味，呈现种种人生情味。

当然，这里有一个问题：人们的生活方式是随着历史而变化的，茶事亦然。千载之下，茶的产地、品种、制作和饮用方法，变化多端，并且越来越丰富。前几年有人送我用顾渚紫笋茶叶按唐代方式压制的茶饼，那在唐代堪称绝品，是皇帝赐臣下，文人雅士写诗来纪念的事情，但现在拿给一般人看，大都懵然无晓。那么《茶经》是不是只有历史文献价值，跟普通人毫无关系了呢？

放在我们面前的这部余亚梅所著《“和”解〈茶经〉》很好地回应了这一问题。

这首先当然是一部关于《茶经》的研究著作，作者在版本选择、文字校勘、文义解说、资料引证等方面都精心做了工作。但这部书的内容远不止于此。作者还在茶文化原理的阐释和茶史变迁方面，作出了很大的努力，成绩可观。而后一方面的工作，不仅为读者提供了丰富的知识，也使得我们对《茶经》之价值的认识，有进一步的提高。

余亚梅很有智慧地引用了前人常用的一对概念：“体”与“用”。体是原理和规则，它基于深刻的天道与人心，因此是稳定的；“用”是应用，它顺应地理、习俗与日常生活需要而变化，不可固执。通过体用分殊之说，这部书建立了一种很好的构架：它以《茶经》为主干，从多种角度讨论关于茶文化和茶史的问题，内容丰富多彩却有条不紊。在相关研究领域内，成为一部个性鲜明的著作，同时也成为一种很有实用价值的教材。

譬如《茶经》溯源的部分说到茶树，有简单的两句话：“茶者，南方之嘉木也。一尺二尺，乃至数十尺，其巴山峡川有两人合抱者，伐而掇之。”这两句话牵涉到茶树的产地和种类问题。余亚梅书中，对原始资料和前人研究成果加以综合分析，就茶树的原产地，植物学分类，品种区分，驯化与人工培育等各方面问题进行了探究。对普通读者来说，这些都是有用的知识。而反观《茶经》，我们也能够明白陆羽对关键问题的敏感。茶树分为灌木类和乔木类，这是茶树最基本的两大分支，由此又分化出许多差异的品种来。

如果说，喝茶有益于人体健康，那么，这和喝水、喝菜汤没有什么本质上的区别；而且我相信中国人最初拿茶叶煮汤喝，就是喝一种可以果腹、可以增加食物滋味的树叶汤。为什么会从饮茶中产生如此复杂的仪式和文化意味呢？这是余亚梅书要讨论的核心问题，是她用《“和”解〈茶经〉》作为书名的关键原因。

讨论《茶经》与茶文化的确立，从何处着手呢？作者看中了陆羽所设计的一种三足鼎形煮茶的风炉，上面刻有“伊公羹，陆氏茶”六字。伊公即伊尹，史籍载他是殷商开国君主汤的贤相，《史记·殷本纪》说他“以滋味说汤，致于王道”，就是说治国之道一如五味调和，讲究的是适中、均衡、平和。陆羽将“伊公羹，陆氏茶”并列，那么在他看来，人们在烹茶、饮茶的过程中，也同样可以体悟“天道”，即自然和人事的根本法则。

这里面关联到一个比较大的问题：人类的文化或者说文明，其重要的表现形态之一，就是把自然状态的生活内容加以仪式化的改造，从而赋予其非自然的意义。人由此寻求并证明了自己——人之为人，就是因为他们通过自我创造而获得了超自然性；所以，在中国古老的观念中，人与天、地并列为“三才”。

余亚梅书里还说了一件我从前没有注意到的事情：伊尹原来也是一个被抛弃的孤儿，《吕氏春秋》说他的来历，乃是“有侁氏女子采桑，得婴儿于空桑之中”。我们可以相信，陆羽著《茶经》时，会想到某些天资非凡的孤儿，是负有神谕的。他们需要完成一些特殊的使命。

历代关于茶事的记载，常有玄秘气息，余亚梅书中也述及不少。譬如水。年代稍晚于陆羽的张又新在《煎茶水记》中，记载了一则陆羽辨水的故事：一名官员邀陆羽烹茶，遣军士取“扬子南零水”——长江江心地下涌出的泉水，是煮茶的佳品。该军士用瓶取水归来，因船儿摇晃泼出了一半，害怕受责罚，就在长江岸边取水装满了瓶交差。水交到陆羽手里，他不仅立刻辨出其中混入了“临岸之水”，还能把瓶中的“临岸之水”倒出去，独留下半瓶南零水。

还有人们熟悉的《红楼梦》中妙玉饮茶所用的水，乃是五年前在一座寺庙里，“收的梅花上的雪，共得了那一鬼脸青的花瓮一瓮，总舍不得吃，埋在地下，今年夏天才开了。”林黛玉猜是雨水，被妙玉讥为“俗人”——她平日虽是风雅不过，但在茶水的讲究上品位尚低，所以难免世俗。

这些神奇的故事，要说故弄玄虚也未尝不可。但大而言之，茶事的玄秘，并非毫无道理。因为茶从种植、采摘到制作，有无数种差异：烹制或冲泡时所用器物与水，以及火候与水温的把握，又有无数种区别。更不可限制不可固执而论的，是个人的趣味和爱好。这种种变量相加，结果大概是天下没有相同的两杯茶。而品赏这种微妙的不可预知的变化，体会生命摆脱一切规定性与固定程式的快乐，正是茶事的乐趣所在。

我是一个教书匠，生活无甚讲究，就是喜欢喝茶。三十年前老朋友许道明在《新民晚报》上写了一篇《我说骆玉明》，他是为我打抱不平。文中说我“家中事事不如人，只有茶比别人家的好”。直到现在，还是改不了旧习惯，喜欢在深夜里泡一壶茶，随意拿一本书翻看。四周安静，心事虚渺。

所以余亚梅拿这部书稿要我写序，我很乐意。我读稿子的过程就很愉快，因为这书的内容很丰富，说得有条理，有见识，可以从中知道很多原来不知道的事情。

好吧，你不妨打开这本书，和作者一起读《茶经》的第一句：“茶者，南方之嘉木也。”很优美吧。

（余亚梅《“和”解〈茶经〉》，上海文化出版社，2023 年）

在星星的背面有什么

——姜二嫚《在星星的背面散步》序

我在大学的课堂上讲古典诗词，有时在家里给小孩子讲作文，会说到姜二嫚的诗。我喜欢她的诗，那是童真而富于想象力的，有时则带着由敏感而生的莫名的忧伤。譬如有一首诗叫《回收》：一辆回收旧彩电／旧冰箱／旧电脑的／三轮车／车主躺在里面／睡了／好像回收了自己 。还有一首写鱼：鱼也会哭／只是它在水里／你看不见它的眼泪。这种诗读了以后，你会停下来，你会呆呆地想一些事情。

我跟二嫚本来不认识，后来认识了，一老一小在一起能够说许多话。她除了写诗，也写一些随意而松散的文章，在文体分类上叫作“散文”的那种。汇聚起来，出版社要给她出一本书。二嫚因为我跟她能说话，提议让我来写个序，我就答应了。我说这是一桩开心的事情。

读这些文字确实很开心，它让我想起许多童年的情景。我小时候，上海的城区没有现在这么大，向外走得远一点，就能看到农田，田野有非常丰富的颜色。三五个小伙伴，抓蟋蟀，抓蚱蜢，还有偷农家的黄瓜吃。后来读到孔乙己为自己偷书辩护，想起我们早就这么辩护过了：偷黄瓜吃，而且天很热，能叫“偷”吗？

也有些记忆是悲伤的。一个浅水塘，青蛙或者是蛤蟆，因为见识短，把卵下在里面。卵变成一群乌黑的蝌蚪，曾经快乐地在水中游来游去，可是天热又不下雨，蝌蚪还没来得及长出可以蹦跳的腿，水塘就干涸了。我看见它们陷在泥浆里，尾巴还在摇摆，身体好像已经腐化在泥浆里了。它们从土里来，又回到土里去。就是生命太短了。

二嫂让我想起这些，是因为她的文章一点也不像学校里的作文，没有中心，没有道理，也没有在思想境界上提高一下的意图。当然它也不像成人的作品，没有很好的修辞，也并不追求平淡，更谈不上“形散神不散”。它就是很随意地记录生活中有趣的见闻和各种念头。譬如她到了一个海边，让爸爸给她买一个抄网去捞鱼，于是就想要是抓到很多鱼怎么办？鱼太多了，不知道送给谁才好！烦恼，成功的烦恼，富裕的烦恼……当然她一条鱼也没逮着，无论大的还是小的。

如果有人要问：这有意思吗？我就没法回答。因为怎么算“有意思”，在各人而言也是不同的。我读上去觉得挺好，饶有趣味。二嫂读书早，在同龄人里读书也多，她又敏感，爱幻想，所以她那些看起来稚气的文字里包含着不少复杂的东西。在《梦：等着吧》里面，二嫚写自己到了一个死者去的地方，她看见优秀的人在投胎转世的时候要填一种表格，“上面有人名、上辈子死亡的日期这些项目，如果死亡日期不记得了，就画一个圈，毕竟有些人已经死亡很久了。”这里面的味道说不清楚，就是会让人停下来呆呆地想一会。

我想在学校里，孩子们总还是要学着写那种具有规范程式的作文，写到结尾，思想要提升一步，这些道理也不错。但总希望老师和家长，给孩子留下一片自由的园地。不需要规矩，尽情地做自己。和尽可能多的阅读结合起来，让孩子的敏感和幻想得到保护，自由生长。这样，我相信任何一个孩子的生命在文字的天地里都会长得好看。否则的话，小孩子会越来越不喜欢作文。

《在星星的背面散步》，这个书名就是一句诗。它有太多的孤独感。二嫚从小被人称作“天才”，很早就有名，这容易使人离群而孤单。不过，她已经快长大了，开始有比较成熟的思考，我想她能够把自己和世界都看明白。作为岁数很老的一个朋友，我愿意给二嫚最好的祝福。

最后还要补一句：二嫚给自己的书做了插画，这些画都很动人。

《诗经中的草木鸟兽虫鱼》序

《诗经》是中国古代典籍中特别重要的一部。

一般情况下，我们会说《诗经》是中国的第一部诗歌总集，是古代诗歌乃至整个文学的源头，这已经是了不起的了；但其意义远不止于此。《诗经》同时又是中国文化的元典——最初的根本性的经典。它以稳定的形态呈现了这一文化传统形成时主要的特质，并且长期地影响了这一文化传统的发展与变化。我们可以简明地说，像《诗经》这一类经典，承载着中国文化的基因。

当然我不能在这篇短序里全面地讨论《诗经》，我们就从跟本书关系密切的一个要点来谈。

《论语》说"子不语怪、力、乱、神"，人们将此视为孔子以及儒家学说的一个重要特征，认为它对中国文化——尤其士大夫文化——有深刻的影响。那么，你稍微注意一下就会明白，"《诗》不语性、力、乱、神。"《诗经》一个重大特点就是很少有神秘性的内容，它所反映的大抵是日常生活，日常经验、日常的喜怒哀乐。它基本上没有神话色彩，没有神怪和英雄的传奇，对神秘的奇异的东西没有多大兴趣。你拿这个特点与其他民族的早期文学一比，就会感到很特别。因为各个民族的文学，在源头部分，主要的内容都是神和英雄的故事。

我们可以有把握地说，孔子思想是受到《诗经》影响的。

当然，《诗经》里面有时也不得不涉及一些神话性的内容。《大雅·生民》说周人的祖先后稷是他母亲踩着上帝的脚印然后怀了孕，这种是不可避免的。你总不能说始祖是他爸生的吧？那样，他爸为什么不是始祖呢？

我们说《诗经》关注日常生活及发生于其中的喜怒哀乐，那么，“日常生活”是在什么地方展开的呢？农耕社会，当然是在土地上。于是播种、培植、收获，于是有恋爱有生育，于是祭祀祖先，延续血脉；不只是耕种，还有采集，放牧，还有行役、战争……那也是在大地上，日月照临，风雨吹拂。

在《诗经》中我们看到先人的生活是那样朴实。他们的快乐和希望，随着劳作而一寸一分地滋长土地之上，山川之间，长成了桃花的红，长成了麦苗的青，长成了黍子的黄，也化成露水的晶莹。他们大多并没有想过类似“天人合一”的玄妙，他们天然就是和大自然一体的。而大自然中的一切，也毫不吝惜地向着他们敞开，以全部的美丽，摇曳于四时的光。

《诗经》分成《风》《雅》《颂》三个部类，在写作上多使用赋、比、兴三种手法。

美妙的表现以兴最为突出。兴是感发，是触景生情；情绪由此及彼，可以形成比喻；情绪无端飘移，成为空灵的联想。

兴从何而起呢？从自然风物，从草木、鸟兽、虫鱼。

“野有蔓草，零露漙兮。有美一人，清扬婉兮。”野地上蔓延的青草，草叶上凝结着一粒粒晶莹的露珠；无意间遇到一个美丽的姑娘，她是那样眉清目秀，妩媚动人。你可以认为纯洁的露珠和纯洁的目光有某种共性，但并不能说得很确切。

“桃之夭夭，灼灼其华。之子于归，宜其室家。”这是一首送新娘出嫁的歌谣。健壮的桃树开着艳丽的花，是景物的触动，也用来比喻新娘。这叫兴兼比。

赋是直接的描写。但好诗在写景时，绝不会没有意味。“葛之覃兮，施于中谷，维叶萋萋。黄鸟于飞，集于灌木，其鸣喈喈。”葛是一种蔓生的藤本植物。葛皮可以织布，葛根可以食用，在古代它是大自然赐与人类的恩惠。所以葛茂盛地铺展在山谷里，绿叶萋萋，是令人喜悦的景象。又是谁把这喜悦说出来了呢？是黄鸟动听的叫声。它们飞起来，羽毛的亮黄与葛叶的翠绿是鲜明的配合。

到了孔子的时代，《诗经》——那时还叫《诗》——已经成为贵族的文化教材。孔子为了把他的弟子培养成君子

（社会精英），也要求他们学《诗》。根据《论语》的记载，孔子认为学《诗》的好处和必要是什么呢？第一是学会使用高雅的语言（“不学《诗》，无以言”），第二是学会侍奉长辈和君主的道理（“迩之事父，远之事君”），第三是“多识于草木鸟兽之名”，多多掌握关于自然的知识。“君子”们脱离劳动生活，如果跟老百姓隔远，又跟自然隔远，那是很容易变得虚妄而愚昧的。

再后来，《诗》成为儒家的《诗经》，成为读书人必须修习的经典。但孔子要求的“多识”，人们意识到其中多有困难。因为动植物的名称常常因地而异，又因时而变。《诗经》本身涉及的时间与空间范围就很大，同名而异物，同物而异名，都很常见。到了后代，有些名称到底是指什么，更不容易确认。于是就产生了一种专门的学问，就是关于《诗经》的名物学。

这方面的内容，早期的《诗经》注本和名物训诂类著作都有涉及，三国时吴人陆玑的《毛诗草木鸟兽虫鱼疏》则是第一部专著。以后，历朝历代都有这一类型的著作。到了清代，有个叫徐鼎的又专门写了本《毛诗名物图说》，分鸟、兽、虫、鱼、草、木，解释《诗经》名物 255 种，有图有说。为《诗经》名物绘图是一个很好的想法，对读者会有很大的帮助。可惜徐氏书还是偏重文字辨说，图形为黑白色而偏小，乾隆年间刻本的质量也差，影响很有限。

中国的古代经典过去在日本很受重视，日本的学者也有用心为之作解注的。在《诗经》名物研究方面，有江户时代著名儒学者兼医生细井徇（细井东阳）编撰的《诗经名物图解》。此书由细井亲自考订定稿，分为草、木、鸟、兽、鱼、虫六部，收录插图两百余张。绘图者都是京都一带最优秀的画师。

细井说及编撰此书的目的，是为《诗经》中名物辅配图画，“加以着色，辨之色相，令童蒙易辨识焉”，不故为高深。谋其事，则竭心力而为之。全书画风力求写实，笔触细腻，配色清雅，明快可爱。且构图灵活，主体鲜明，细节清晰，既易于辨识，又饶有韵味。

而好读文化在出版本书时，在追求精致完美方面又特别用心。每幅图均精心调色，力求再现原稿风貌，颇具古韵。配合以精选的高标准用纸，更提高了色彩还原度。一卷在手，可谓赏心悦目。

细井徇《诗经名物图解》本为日本普通读者而作，它对中国的普通读者当然也是合适的。我们在《诗经》中读到各种各样的自然景物，有了精美的配图，草木鸟兽虫鱼都活泼起来，引诱我们回到古人的生活中去。我们跨过遥远的时间，感受古人如何融入山光水色，如何跟随黄鸟，从心中发出吟唱。

《清凉诗钞》序

永州当楚粤之交，固多山，而尤称奇峻者为阳明。《永州府志》云："山最高，日始旸谷出，山已明，故谓之'阳明'焉。"其中峰建有万寿寺，于千仞高岗复拔地数丈而起，雄踞远视；浩乎天风，灿然云霞，渺兮远岫，郁哉层林，信非凡间气象。至若春晚杜鹃，漫卷梦中红潮，冬初雾淞，幻呈冰晶世界，更它处所罕见。释子慧闻自洞庭来，住持万寿者有年，汇其诗若古近体并长短句，题《清凉诗钞》，命予为序焉。予钦慕其人，遂不能辞。

予浮泊人间，忽然歌哭，不知何由。偶与永州有缘，幸得识慧闻法师于万寿寺后禅院之书室。法师喜书画，暇时常研赭磨墨于此。有巨案二，长七八丈，宽亦丈余，两案并合，可容数十人歌舞。谓之书案，实生平仅见。壁上悬隶书，厚重拙朴，天然率真，风神出于汉《张迁碑》。复出山水画邀观之，见层岩叠壑，苍浑幽深，意趣近乎髡残。人视其书画之格皆雄崛，或疑僧徒不当若此也。然禅家固有豪迈者，“长啸一声天地秋”，临济义玄自摹如是也；而万寿寺法脉源自临济，慧闻或承义玄遗风，亦未可知。夫书画莫非心境也，诗亦如是。

法师弱冠出家，多历名山胜境。万寿寺以山高路险，其境益为幽静，至冬日几绝人迹。故侣烟霞，抚松竹，友鸟兽，乃日常之态，而每见于诗。“嫉妒青山成画色，何时落笔鸟飞惊”，此雨中衡山；“日落峰云后，烟腾汨水斜”此汨罗佛果寺夕望；“涧户梅苞绿，溪泉月影微”此万寿寺寒梅。其写景如在目前，而韵味隽永。摩诘画中有诗，诗中有画，慧闻所求，亦在于此乎?

尝闻于一名僧，谓出家人而耽乎书画诗艺，旁骛心思，或妨清修。其言可取，又不尽然。“青青翠竹，尽是法身；郁郁黄花，无非般若”(《大珠慧海禅师语录》)，此佛禅名言。天地自然，一草一木，一声一色，皆涵空有至理，唯有识者能参透而已。寒山诗云，“野情便山水，本志慕道伦”，诚不疑两者相妨耳。慧闻作《大寒兰开》，诗云：“大寒雪未来，雾锁雁徘徊。静念弥陀号，兰香独自开。”并饶禅趣。

唯法师年方壮，性磊落，意慷慨，亦屡见于诗。《汨罗江上雪夜怀杜甫》，诗情郁勃，直欲携老杜雪夜痛饮。《与更凡即口占》：“相逢落雪时，纸墨付青枝。无意惊俗态，寻常写劲崎。”尽显雄崛之姿。此类予所喜，窃以为禅房所以设数丈巨案者，正用“寻常写劲崎”也。然佛理淡朴，何以解此，虽慧闻自有说，如吾钝根，仅能朦胧揣摩而已。

慧闻喜诗，《清凉诗钞》于各体分别用心，格律森严，亦尽力求全。论诗语之精确，诗脉之流转，诗境之浑成，皆有可观者。今夏法师长永州佛协，为僧俗两界所尊。日月其迈，他时佛法诗艺俱进，运般若智慧，以诗传佛，当令世人受益良多。而阳明山诗僧之盛名，乃其余事耳。

癸卯立冬日骆玉明敬撰

《一个人的爱情》序

我喜欢在诗里读到熟悉的寻常的事物，因为那比较可信。譬如池塘春草，远山秋月，雨中凋萎的杏花，原野上失群的牛羊，这些我都知道，我都见过。当然在陌生的地方也有怪诞的物类，但写到诗里，我觉得那不是给我看的。

我也喜欢在诗里读到平常的语言，因为那比较亲切。譬如她告诉我家乡的河瘦了，老母亲也瘦了；又告诉我阳台上种着一盆红辣椒，墙角的蛛网上留着一滴水珠，阳光斜照进来，它们都会跳舞。这些我都明白，你一说我就看得见。有人喜欢写扭曲妖异的句子，那可能也是好的，但我觉得那跟我隔得很远，好像从另外一个世界传来奇怪而模糊的声音。

如果诗人诚恳而敏感，她用平易的话说寻常的事物，写成了诗，就会打动我们。

天地生人，性灵有光，这光如风摇漾于山河，使绿欢喜，使红妖娆，使我们看见自己无名的忧伤，就像冯延巳说“独立小桥风满袖”。

阿婷的诗集，名为《一个人的爱情》，卷首引帕斯长诗《太阳石》中的句子："如果两个人亲吻，世界就会变样。"

这是阿婷的世界，因为爱情而风光绮丽。它像一个长卷，慢慢打开，有山阴道的景色。阿婷是山阴人，生长于鉴湖边。

鉴湖也叫镜湖，从来是诗人的梦乡；在这梦乡里必有越女。

李白说："我欲因之梦吴越，一夜飞度镜湖月。"杜甫说："越女天下白，鉴湖五月凉。"

我对阿婷的故事知道很少，只是在读她的诗的时候，隐隐看见古人梦乡中的鉴湖和越女。她们的歌子声音温柔，语言清纯，但是无所畏惧，有热烈的心情，就像阿婷诗里所写的：

紫色的小小花朵　清郁而朴实
沐着晚霞　在风中独吟

（阿婷《一个人的爱情》，上海文艺出版社，2019 年）

《只衔花气与多情》序

杭州西湖一带是锦绣河山。不只因为湖光山色，绿茵繁花，那种美的精致与丰赡，也是因为经过历代才士锦心绣口，为之编织了文辞的风华。你当然知道白居易的浅草马蹄，苏东坡的山色空蒙，或许还知道龚自珍的剑气箫心，乃至柳如是的桃花美人……但要读完是不可能的。

西湖自身拥有一个诗的世界，当然它也孕育诗人。在水涯在山间，无端欢喜或是茫然若失的少年，你不知道他们什么时候笔下有神，流出波光闪烁霞影飘舞的诗行。

卢文丽就曾经是这样一个女孩。她说自己在西湖边长大，从童年到少年，每天放学时垂荡着书包，沿长桥公园走回家，一路看花草四季，村舍人家。这样她长成一个诗人。她是一家报社的资深记者和编辑，业余写散文，小说，新诗和旧体诗。她为杭州写过一本现代诗《我对美者看得太久——西湖印象100》,《只衔花气与多情》则是一部旧体诗的集子。

我们知道“五四”新文学起来以后，变化最大的是诗歌。古典诗歌延绵几千年，展现了中国人壮阔多彩的情感世界，而新诗的兴起，似乎意味着这一传统将被截断。习惯写旧体诗的老一辈人渐渐寥落，年轻一代于此渐行渐远。人们说这是“自然之势”。

但近些年来，势态又有改变。不仅喜欢读古诗的人多起来，年轻诗人对新旧两体兼容并蓄的情形也越来越常见。他们可能在古典的训练方面有些不足，但喜欢是真心，因此作品每每会令人心动。

我曾经和朋友聊起这种现象。我的感觉是，这不仅仅体现了人们对古典诗歌传统的喜好与尊重，也是艺术创造本身的需要。换言之，旧体诗恐怕没有那么“旧”，它在现代人的生活中仍有存在的空间；它的若干特点，如注重形式，讲究辞采，偏重委婉含蓄等等，比新诗多一层距离感，更适合把日常生活艺术化，造就唯美的诗境。这至少对一部分作者和读者来说，仍然与情感契合。

诗应该写什么呢，这并无定规。乱离有悲愤，遗世生奇想，当然都是诗材。但有时候，诗只是写日常琐事，平凡景象，依然可以创造新奇的美感。王维“渡头余落日，墟里上孤烟”两句诗，描写黄昏时刻，河边的渡口还残留着淡淡的阳光，村庄里已经升起了人家做晚饭的炊烟。这是一种安静平和的日常生活景象，但作为诗的意境，却十分动人。《红楼梦》借香菱之口评说道：“这‘余’字和‘上’字，难为他怎么想来！我们那年上京来，那日下晚便湾住船，岸上又没有人，只有几棵树，远远的几家人家做晚饭，那个烟竟是碧青，连云直上。谁知我昨日晚上读了这两句，倒像我又到了那个地方去了。”

卢文丽这部诗集，依写作时间编排，并无特定的中心主题。但她用“花气”和“多情”来标目，仍是显示了写诗的动机——自然的美和人情的感触。她喜欢写节令的变化，譬如写处暑：“绿意犹深稻谷肥，浓云渐淡雁南飞。炎凉世态皆成趣，纨扇随风咏月归。”写寒露：“疏烟浮可捉，寒露岁时侵。鸿雁南归去，丹枫色始深。”写春分：“湖光烂漫香云漾，山色分明素锦斜。安得此生如草木，春风一绿到天涯。”在中国文化的传统里，人们意识到人和自然是一体的，因此诗人对节令的变化常常很敏感。文丽也用独特的句子，写出她自己的敏感，她写浮烟可“捉”，精心炼字，有生动的趣味；“炎凉世态皆成趣”，又在不经意带出禅家的味道。这些都可以看出诗人在学习古典传统方面的努力与成功。

王羲之写《兰亭集序》，从节令变化，说到生死无常，“向之所欣，俯仰之间，已为陈迹。”窦唯久不开口，2022 年突然用摇滚音乐吟唱了这篇名文，声音苍凉。文丽为此写了一首《赴闽道中听窦唯新歌〈兰亭集序〉有作》：“曲水流觞酒杯老，茂林修竹雨丝摧。行人莫唱兰亭序，饮马秋风草色哀。”这诗里有几分老杜的沉郁，和窦唯吟唱的声情特别契合。而“花气”与“多情”的关系，于此尤可体会。

1991 年的时候，卢文丽在复旦读作家班，我在那个班上过课，和许多同学有交往。那时文丽已经出版了她的第一部诗集《听任夜莺》。但是文丽不爱热闹，所以同她交往很少。从浅的印象、浅的了解来说，她文雅、安静、随和，容易同人相处。但是文丽有一点不容易看出的淡漠和伤感，有时诗歌里忽然会有慷慨之气。女诗人的内心外人无从猜测，她们很多时候，生活在自己的想象中，伴随灵感的光芒起舞。所以我们只有读她们的诗，才能真正感受灵秀的女子特有的才情，和唯美的风韵。

辑三　为自己作序

从诗走进禅，一路好风光

——《诗里特别有禅》序

平日教书或者和朋友聊天，谈到中国的文学与历史，经常说到禅，也经常被问起：到底什么是禅？

这个问题不容易回答。古代禅师对此会给出很奇怪的答案，譬如“一寸龟毛重七斤”，或者索性给你当头一棒。他们认为禅不可说，不能用文字来定义。他们所说的种种奇怪的话，都不过是个由头，是一种引导的方式。

现在谈禅的书也很多，但要么只是把它当作思想史的材料，要么就说得很玄奥，云里雾里，让人摸不着头脑。

禅是那么深奥玄虚而难以把握的东西吗？其实不然。

禅是一种哲学、一种宗教，但禅更是一种体验、一种生命形态。

禅远看似乎虚无缥缈，不可捉摸，真的走进去，它却平平实实、真真切切。

中国古代诗歌中有许多从具体的人生体验来感悟禅的佳

作。诗和禅一样，不提供定义，只是显示鲜活流动的情感状态，你细心地体会它，能感受到禅的趣味，看到禅悟的境界。

苍山空寂，明月清朗，幽潭澄澈，野花自开自落，浮云时聚时散，这里面都有禅意。诗人流连于自然的美景，写出自由的心与天地造化相融的平静与快乐。

当然并不是好诗就有禅，禅有它的特别之处。

我们先来看一个简单的例子，了解下什么样的诗里有禅。

魏晋诗人阮籍常常驾车外出，走到无路可走，便恸哭而返，留下的成语，叫作“穷途恸哭”。他的诗常常也是表现这种人生困顿的焦虑，比如“徘徊将何见，忧思独伤心”。

穷途恸哭不是禅，它是用一种固执的态度看待人和世界的对立，在这种对立中感受到生命遭受外力压迫的紧张。阮籍改变了中国的诗歌传统，使它的内涵变得沉重，但这样的诗不合于禅意。

同样以行路象征人生，陆游的名句“山重水复疑无路，柳暗花明又一村”给人以更多的愉悦，它让人对生活抱有信心：在看似无路的地方，可能有一片新的天地出现，只要能够坚持，希望总是有的。

但这也不是禅。这两句诗描写的是单线的变化，是对预期目标的等待。人生的道路受各种不可知因素的影响，预期的目标往往很难实现。如果“山重水复”之后并非“柳暗花明”，又会怎样呢？是不是仍旧回到“穷途恸哭”？

王维诗“行到水穷处，坐看云起时”是禅。

沿着山溪走到了水的尽头，但这仅仅是水的尽头。你倘若并不曾预设一个固定的目标，就会看到世界充满着奇妙的变化。在远处的山谷，在跟你走过的路毫不相干的地方，云渐渐涌起，升向高敞的天空，景象如此动人，视野无比广阔。

如果你在“水穷处”沮丧不已，心境闭塞，就看不到“云起时”。

这是一个很小的例子，却牵涉禅学中重要的道理：倘能消弭固执和对立，消弭贪欲与妄念，消弭紧张和焦虑，便能以空灵玄妙的智慧，朴素自然的心情，随缘自适的态度，求得本应属于你的完美的生命。

在本书中，我们将解读和欣赏一系列体现禅理与禅趣的诗篇；同时我们也以此为中心线索，谈说禅的人物、禅的知识和禅的历史。

禅不可说，但可以借诗来谈。

（骆玉明《诗里特别有禅》，浙江文艺出版社，2013 年）

关于格言

——《人生三味》序

格言有着古老的历史和尊贵的身份，无论中外。中国最早的著作中，像《易经》中的卦爻辞、《老子》、《论语》，可以说大体都是格言式的。在西方，许多著名的思想家、哲学家，乃至像拿破仑这样的豪杰式人物，都著有专门的格言集。而古今中外一般著作中所载之嘉言警句及民间谣谚，被当作格言来引用也是普遍的现象。

但是，格言到底有什么用处呢？很多格言包含着训诫的意味，人们试图把他们所认识到的真理用一种简约的语言透彻地标示出来，借以指出生命的正确归向。当然，格言并不尽是如此庄肃，它也常是人们经验的归纳，体现着创作者的智慧和机趣。而愈是接近现代，格言所表达的奇思异想愈多，它又以嘲弄传统和成规的方式，探寻人生新的和多样化的可能。

一般来说，格言多少带着几分权威的色彩，它出于贤哲，载于典籍，流布于人口，常令人肃然起敬。当我们与人聊天，乃至争辩的时候，如果正好想起一句合适的格言，就好像得到了有力的支持，顿时心头一喜，眉梢飞扬；文章里夹有格言，似乎便格外生色。

不过，把格言的意义过分夸大也是可笑的。一句关于格言的格言说："一句新的格言常常是一个英明的错误。"因为格言总是简约的，而生活却不可能被简约化；如果说格言能够表达某种真理性的东西，它也只能说出片面的真理。正因如此，很多格言其立场截然对立，却都是对的。有人要通过编纂名人格言来教育人民，这也许是了不起的愿望，但我们无法相信它有什么实际的意义。在现代社会里，不论是名流贤哲的训导，还是前人公认的信条，都不再能够轻易地博得人们的信赖。

在《人生三味》这本小册子的格言点评部分选列了若干古今中外的格言——其中不少是非常有名、流传极广的。作为编撰人，笔者相信格言的价值只在它所表现的人生智慧，这种智慧带给我们种种趣味，又在与个人实际经验相结合时带给我们种种启发。还有，如果卖弄得恰当，我们也可以借此较为轻松地显示自己的博学和优雅——这其实是格言的一种重要用途。为了增添这种启发性和趣味性，笔者对所选的格言加上了点评，这或者是阐释，或者是引申，或者是纯粹的玩笑，而读者尽可以用同样轻松愉快的态度来读这本书。总之，笔者在此建议对格言取赏玩的态度，而不是无条件崇奉它。

这本书没有编得更厚一些，除了因为写点评文字颇费劲外，也是考虑到——格言这种东西，其实没有必要读很多。

（骆玉明 2003 年为复旦大学出版社《人生三味》所写，因故未用）

《简明中国文学史》自序

一部简短的文学史也可以有多种不同的写法。本书的宗旨是追求较强的知识性，希望在有限的篇幅中清晰而完整地阐述中国古代文学发展演变的主要脉络和基本情况。也许，正因为篇幅较小，字数有限，写作时必须处处考虑到线索的清楚和文字的干净，读者由此可以更为方便和明快地掌握关于文学史的知识。

文学史是广义的历史的一个分支。如果我们不能认为历史的一切变化都是偶然和无意义的，它只是荒诞现象在时间顺序上的堆积，那么关于历史的描述就必然包含了价值判断。另一方面，如果我们不能认为人类的历史归根结底为神的意志所决定，那么只能说它是人类自我创造的过程。许多现代历史学家从不同角度论述了这一点，马克思、恩格斯亦有一种基于人性立场的理论，依据《资本论》《1844 年经济学哲学手稿》《共产党宣言》诸书，它可以最简单地概括为：人的本质是自由，人类历史的理想结果是达到“每个人全面而自由的发展”，虽然不同历史阶段中生产力的发展水平制约了自由可能实现的程度，人类终将通过物质与精神的创造实现其自由本质。我想文学史的描述与这种历史观应该是相通的。

说来，“文学”实是个边界模糊、内涵复杂的概念。但就其主要特征来看，可以说它是人类情感在语言形式中的呈现；文学本质上是基于感性的，它的可贵之处就在于它和生命本真密切关联。而人类的情感是一种极其活跃、充满变化的东西，它的本来状态是含混和不稳定的；在人性发展的过程中，当新的情感内容在语言形式中得到呈现时，这实际意味着人对自身情感的一种审视和确认；而文学世界的扩展与丰富，说到底是显示了人类生命形态的扩展与丰富。

所以，我想格外强调的是：文学的根本价值在于，它是人类求证其自由本质、创造其自身生活的一种特殊方式。文学固然源于现实生活，但它绝不会成为后者的镜像，它总是更多地表现了意欲的生活和想象的生活。而这种意欲和想象如果是合理的，便会改变现实生活的内容乃至人自身。进一步说，文学的所谓“合理”又是具有特殊性的。一般的社会意识形态或证明现存秩序的正当性并维护它的继续存在，或意图用另一种预设的秩序来代替前者，文学却是直接从感性、从生命本真的欲求出发，所以优秀的作品总是能够深刻地揭示人性的困境、人性欲求与社会规制的矛盾；文学虽并不承担指导社会改造的责任，却往往以潜在的方式提出了给予人的发展以更大自由空间的要求。正是从上述特点，我们认为文学是人类求证其自由本质、创造其自身生活的“特殊方式”。

在这篇序的开头，曾提出“本书的宗旨是追求较强的知识性”，这意味着理论性的讨论在书中将不会得到凸显。但在一部文学史中，基本价值尺度决定了它阐释文学史现象的眼光和态度，所以上面对此做了简要的交代。

对文学史著作而言，如何进行分期也是一个重要的问题。以前的各种文学史大多按照朝代来分阶段，这使许多研究者感到不满意。理由是非常简单的：历史上的朝代更迭是一种政治变化，而文学的变化不可能总是与政治变化相符。这当然很有道理，对文学史应如何分期的问题做深入讨论也非常有必要。但本书仍大体依朝代来划分章节，这是因为：（一）中国历史上各个朝代的更迭，构成了时间单元的自然划分，它早已成为人们获得历史知识的框架。如果在文学史中使用另一系列的时间单元，它难免会同人们久已习惯的历史知识框架发生冲突。就一部强调知识性的文学简史而言，还是稍加避免为好。（二）由于在中国社会中政治对文学的影响极大，尽管文学史的变化不可能总是与政治史的变化相符，但在许多阶段上，这两者的关系又是极为密切的。所以，事实上文学史的章节即时段划分，有时不可避免地与朝代更迭和政治变化相重叠。考虑到以上因素，本书采取了一种折中态度，即一方面仍大体依朝代划分章节以求方便，同时也不为此所囿，充分注意到文学自身的变化规则，尽可能避免以政治为决定因素来阐释文学的历史。

一部《简明中国文学史》，就“题中之义”而言，有两项目标是要努力达到的：一是它必须是“文学”的历史，必须坚持文学本位的立场，强调从文学独特的价值尺度来看问题。所以，通常情形下，一篇写得很出色的思想性论文并不是文学史应该关注的对象；我们赞赏一位诗人，也绝不能只是因为他的诗记录了历史的情形，具有重要的史料价值。——这些应该放在别的著作中去评说。另一个目标是如何真正做到“简”而能“明”。这看起来只是个技术性的问题，操作起来却甚费精力。文学发展的基本线索，各时期文学演变的主要特征，重要作家作品在艺术创造上的独特贡献，是本书关注的核心问题。比起多卷本文学史来，某些内容在本书中被省略当然是不可避免的。但读者也许会注意到，在某些环节上，本书的论析甚至比一般多卷本文学史更为周详。至于这本书最终是否真正做到了“简”而“明”而“文学”而“史”，则尚待读者的评说和指教。

我有很多年在学校中为本科生讲授中国文学史课程，这也是我自己不断学习、提高的过程。文学史涉及的内容极其广泛，我在这里遇到的疑惑也很多。1996年，复旦大学出版社出版了封面署名为“章培恒、骆玉明主编”的三卷本《中国文学史》，这是一本多人合作撰写的著作，最后在章培恒先生的指导下，由我承担了全书的统稿工作。由于多种原因，统稿加上补缀各处缺漏的工作量相当大。但也正因如此，我得以对自己从事文学史教学与研究工作以来遇到的问题、产生的想法进行了一番系统的清理，得以就自己的疑惑不断向章先生请教。那一部文学史出版后引起相当热烈的反响，而我从中获得了一次很好的学习机会。

现在这部《简明中国文学史》是应复旦大学出版社的朋友的建议撰写的。他们认为这样规模的一部文学史较为适合目前高校教学情况的变化，也较能适应一部分读者业余求知的需要。此书与过去复旦版三卷本《中国文学史》难免存在关联。首先，虽然章培恒先生认为他不适宜在此书上署名，但它的完成实离不开章先生过去对我的指导。此外，尽管我已尽可能避免将三卷本文学史其他作者原稿中的内容转移到此书中来，但有些东西已经对我产生了一定的影响。如葛兆光兄对中晚唐诗的某些分析，恐怕会在此书中留下痕迹。当然，编撰文学史的人总不免要借鉴其他研究者的学术成果，凡是近年新出版（包括近年译介）的，已在书中随处注明，而前贤久已为人熟知的观点则或有省略，凡此均一并致谢；倘有不当的疏忽，亦敬请指出，以便改正。

中国文学史是一个庞大的课题，以我学力的浅薄而意外卷入此中竟已有多年。曾经做过的一切，除了使我感到不满以外没有什么很想说的，唯一的意愿是期望有一天终究能做得好。

（骆玉明《简明中国文学史》，复旦大学出版社，2004年）

《文学与情感》引言

“文学的起源”通常被当作理论问题来讨论。不过，你若是把它想象为一种曾经真实存在的人类生活场景，那显然更为动人。

也许我们无法追究人类智慧究竟来之何方，这是天地间深隐的奥秘，但我们可以断定，当人类开始使用语言，它便闪耀出最初的光华。在这以前，世界只有自然的规则与自然的秩序，在这以后，人为万物命名，确定它们的价值与关系，从而建立了以人类为中心的世界。《圣经》开篇“创世纪”说：“起初，神创造天地。地是空虚混沌。渊面黑暗；神的灵运行在水面上。神说‘要有光’，就有了光。神看光是好的，就把光、暗分开了。神称光为昼，称暗为夜。有晚上，有早晨，这是头一日。”这不妨看作人类走出暗昧的象征。

作为生物性存在的个体，人所拥有的时间是有限的；在古老的年代，人能够经历的空间也十分有限。语言所传递的信息和知识，却扩展了每个生命的精神内容，不仅仅是信息和知识，还有无穷延展的想象。遥远的星空，辽阔的山川，荒莽的过去，奇妙的未来，有过什么？会有什么？生命是那样微渺，但在想象中表达着无穷的渴望。

“文学”是最难给出确切定义的概念之一。但是我们仍然可以这么说：情感和想象是文学最基本的要素。在语言构拟的空间中，人们把现实与可能联系在一起，探究人生与世界的真相，体味生命的悲欢，演示人性的可能。在这过程中，人类为自己寻求更为自由而广阔的天地。人同时在现实与非现实中生存，在现实与非现实中创造自己的生活。当我们说“文学”在“发展”时，它的真正意义是：人们不断扩展自己所拥有的世界，而生命形态也由此变得更为丰富多彩。

人群散居在苍穹笼罩下的大地，高山、平野、岛屿、海洋，寒温有异，物产各殊。人性总有其相通之处，如钱锺书先生所言，“东海西海，心理攸同”。因而在文学领域中，我们会看到完全相隔的人类族群描绘了十分相似的生命体验和情感与欲望。但这只是一方面。另一方面，则恰如老子所言“人法地”，自然环境、地域特征的不同，也深刻地影响着人们的生活方式以及与此相关联的文化气质、艺术趣味。彼此相通又各不相同的各地域各民族的文学，百花齐放，各呈风姿，汇为一片，绚丽无比。

中国文化源远流长，中国人历来又重视文学创作，因此在近三千年间产生了大量的优秀作家与作品。而且，由于汉语具有特别强的生命力与稳定性，古今之间的阅读障碍远不像其他民族那样严重。甚至，有些古老的诗篇，像“君子于役，不知其期。曷至哉？鸡栖于埘，日之夕矣，羊牛下来。君子于役，如之何勿思！”（《诗经·君子于役》）像“大风起兮云飞扬，威加海内兮归故乡，安得猛士兮守四方！”（刘邦《大风歌》）虽然年代如此久远，现代人却并不需要很高的文化水平，不一定要依赖专家的阐释，就能够读懂，能够体会其美妙之处。这使得作为后人的我们可以时常进入古人的情感世界，听边城吹笛，看长安落花，徜徉云水，流连风物。

一个民族文学演变的过程，也就是这一民族精神发展的历史。“人无百年寿”，个体生命是短暂的；但每一个人，无论自觉还是不自觉，又都是生活在一个文化系统中的，可以也应该从中汲取丰富的人生体验，从而拥有广大的精神世界。当然可以说人类的全部文化都是我们精神性生存的背景，但构成我们精神血脉的首先总是本民族的文化。我们进入中国文学的世界，在语言所构拟的空间投入自己的情感与想象，体验前人的希望与失望、快乐与忧伤，体味前人伟大的艺术创造，理解民族精神的发展历史，我们的生命得以展开，变得宏大而美好；同时，我们也获得了了解人类文化的基点。

在这本小书中，我想和读者一起在中国文学的世界中做一次简短轻松而不乏机趣的游览。当然，在如此有限的篇幅中全面介绍中国文学是不可能完成的任务，因而只能是选择一些要点来谈，而比较偏重的则是源头性质的和尤其能体现中国文学特征的内容。游览的节目，是如下四章：人间诗意、锦绣文章、剧坛春秋、小说天地。希望这会带来愉快的心情。

（骆玉明《文学与情感》，复旦大学出版社，2012 年）

《世说新语精读》导论

一、《世说新语》的成书

《世说新语》是一部古代意义上的“小说”书，产生于南朝刘宋时代，内容主要记述从东汉末到东晋上层社会名士的言行。

此书的编撰者，自《隋书·经籍志》以来，历代书目均题为刘义庆（403—444）。他是刘宋的宗室，曾被封为临川王。书的具体编撰年代不是很清楚，研究者各有不同的看法，折中各家的意见，大概是在宋文帝元嘉十五年（438）、十六年（439）前后。元嘉九年至十六年四月，刘义庆任荆州刺史；元嘉十六年四月至十七年十月，刘义庆任江州刺史，均是以宗室藩王的身份坐镇长江中游重地，下属有颇具规模的幕僚机构，这应是他编撰或主持编撰书籍最为合适的时期。

据史籍记载，除《世说新语》外，著录在刘义庆名下的著作还有七种，其中包括《刘义庆集》八卷、人物传记性质的《徐州先贤传》十卷、纂辑总集《集林》一百八十一卷、志怪小说《幽明录》二十卷等。上述各书均已亡佚，不过《幽明录》残存数量较多，鲁迅《古小说钩沉》辑有二百六十五条。在论及魏晋小说时，人们习惯按照鲁迅的方法将之分为“志人小说”和“志怪小说”两类，在前一类中，《世说新语》的地位固然无可比拟；在后一类中，《幽明录》亦具有很高的价值。所以，刘义庆就成为中国小说史上的重要人物。

南朝时代上层社会有崇文的风气，一些政治地位显赫的人物——尤其王室成员，喜欢招聚文士，编撰书籍。这往往不仅是出于个人的兴趣爱好，同时还有标榜风雅、博取美誉的用意。这些书籍虽然只署他们的姓名，通常却是在其周围文士的参与下完成的，署名者在编撰过程中到底起多大作用，一般也说不大清楚。所以梁朝的萧绎（先为湘东王，后即帝位，史称梁元帝）在他的《金楼子》序中，特地声明此书是其亲自撰作，并未借用他人之力。关于刘义庆，《宋书》本传说他“爱好文义，才词虽不多，然足为宗室之表”，这是一种中等的评价。同传又说他“招聚文学之士，近远必至”。在刘义庆任荆州、江州刺史期间，其幕中著名文士先后有陆展、何长瑜、袁淑、鲍照等。这些人均为当世才俊，而袁、鲍尤为杰出。《宋书·袁淑传》称袁“博涉多通，好属文，辞采遒艳，纵横有才辩”，至于鲍照，那更是中国文学史上一流的诗人兼骈文高手，其才华不必多说。根据上述情况，人们多认为《世说新语》是由刘义庆和周围文士共同编撰的。如清初毛际可在《今世说》序中便说：“予谓临川宗藩贵重，赞润之功，或有藉于幕下袁、鲍诸贤。”鲁迅在《中国小说史略》中也提出：“《宋书》言义庆才词不多而招聚文学之士，远近必至，则诸书成于众手，未可知也。”这种推测是合情合理的，但无论如何，它又终究只是推测而已。要具体说到在《世说新语》的编撰过程中刘义庆本人的作用如何，他周围文士究竟有哪些人分别在何种程度上参与了此事，已经无法考证。

《世说新语》也并非完全出于刘义庆等人的新创，它是在汇辑以前的文献资料的基础上编撰成的。

与《世说新语》成书有关的前源文献有多种，其中关系最为密切的是与之性质相同的记载人物逸事的小说，其中裴启的《语林》和郭澄之的《郭子》尤为重要。裴启字荣期，河东人，据檀道鸾《续晋阳秋》载，裴启于晋哀帝隆和年间（362—363）“撰汉魏以来迄于今时言语应对之可称者，谓之《语林》”。其书问世后一度非常流行，但因谢安指责它记事不实，遂废而不行。《语林》散佚已久，鲁迅《古小说钩沉》有辑录，在此基础上，周楞伽辑注为《裴启语林》一书，共存一百八十五条。这些佚文中曾被《世说新语》采用的为六十四条，占总数三分之一强。郭澄之字仲静，太原阳曲人，生活于东晋末年，曾做过刘裕（后来的宋武帝）的相国参军。所著《郭子》亦散佚已久，鲁迅《古小说钩沉》辑有八十四条，其中七十四条为《世说新语》所采用，比例非常之高（统计数据参刘强博士论文《世说学引论》之《〈世说新语〉前源文献考索》)。由于《语林》和《郭子》并未完整存世,《世说新语》中到底有多少条出于此二书，仍是无法确定的。

各种史书亦是《世说新语》的重要资料来源。这里有少部分出于《汉书》《三国志》等所谓“正史”，而大部分则出于“杂史”。《隋书·经籍志》述杂史兴盛之由，谓:“灵、献之世，天下大乱，史官失其常守。博达之士，愍其废绝，各记闻见，以备遗亡。是后群才景慕，作者甚众。又自东汉已来，学者多钞撮旧史，自为一书，或起自人皇，或断之近代，亦各其志，而体制不经。”这里指明杂史是从东汉末开始兴盛起来的。大概而言，杂史与由史官在朝廷指使下修撰的官方性质的史书不同，它更多表现了撰者个人的思想与趣味，体制也较为自由和多样化。

和“杂史”相类者有“杂传”。自《史记》以纪传体构撰史书以来，人物传记一直是史书的重要组成部分，其本身却并不构成一种独立的著作类型。到了魏晋时期，开始出现大量各种形态的具有独立性的传记作品，这在《隋书·经籍志》中被归为史部杂传类，它也成为《世说新语》重要的资料来源。杂传的分类很多，区分的方法也不甚严格。简要地说，首先有一种是单个人物的传，为了与史传相区别，它被称为“别传”。章宗源《隋书经籍志考证》从《世说新语注》

《三国志注》及多种类书中共收辑一百八十四家别传，其作者以魏晋人为多。另一种是包含多个人物的传记，主要有以下几类：（一）家传，以家族为单元，现知最早为曹操所撰曹氏《家传》;（二）高士、名士传，记述为世人所称誉的人物，如袁宏《名士传》、皇甫谧《高士传》;（三）地域人物传，记述某一特定地域内著名人物之事迹，如《汝南先贤传》之类。

《世说新语》采用的文献资料主要出于上述志人小说、杂史、杂传三类著作，此外虽然也有一些，但已是散碎而不太重要的了。由于《世说新语》广泛采用已有之文献，鲁迅《中国小说史略》直称其书“乃纂辑旧文，非由自造”。这样说大概而言也不算错，但需要注意到的是：其一，《世说新语》的编撰者对所采用的“旧文”是经过一定处理的。对有些资料，编撰者做了删削、润饰一类的加工，有些资料虽然几乎是照录原文（以《郭子》和《语林》中的为多），但这也是因为它们符合编撰者基本的标准。所以，尽管《世说新语》取材的来源广泛，全书却具有大体统一的文字风格。其二，《世说新语》编撰者按照自身的趣味和立场，将各种资料分为三十六个门类来编排，形成了一个从各个方面来观察、描述历史人物的系统，这和单纯汇辑资料也显然不同。总之，《世说新语》的基础虽然是“纂辑旧文”，但是对原始资料并非无准则地收录和随意地汇辑，而是经过一定的选择、修饰，重新整理编排而成的，所以它能够成为一部具有显著特色和独特文化价值的著作。

二、《世说新语》的性质与门类设定

历代重要书目的编纂者在著录《世说新语》一书时，通常都是将它归在子部小说类，仅有个别例外是将它分归史部的；通行的文学史也都是把它作为古代小说来分析。所以，关于《世说新语》的性质问题应该说没有多少争议。本导论一开始就说“《世说新语》是一部古代意义上的‘小说’书”，亦已就此做了简要的交代。但刘义庆他们在编撰这部书时，大概并没有一种明确的目录学意义上的归类意识，而且古人所谓“小说”较之今日作为文学分类之一的“小说”概念，其含义也要宽泛得多。所以用普通的小说观念来看待它，难以确切地理解这部在中国文化史上具有特殊意义的典籍。

《世说新语》的性质与它的书名有关联，而《世说新语》的书名又存在一些问题。我们需要首先在这方面做一些解说。

《世说新语》始见著录于《隋书·经籍志》，称为“《世说》”而并无“新语”两字；五代所修《旧唐书·经籍志》和北宋所修《新唐书·艺文志》也沿袭了这样的书名。但这并不表明《世说新语》的原名是《世说》。我们现在可以看到的最早的《世说新语》文本是原藏于日本京都东寺的唐写本残卷，该写本在卷末所题书名为《世说新书》；唐段成式《酉阳杂俎》引“王敦澡豆”的故事，亦称出于《世说新书》，这表明在唐代《世说新书》这一书名是比较通行的。所以余嘉锡认为此书的原名应为《世说新书》，而《隋志》以下著录为《世说》实为简称（《四库提要辨证》）。他的这一看法受到多数研究者的赞成。

而《世说新语》这一名称也出现得相当早，根据有二：唐初著名史学家刘知几在《史通》一书中尽管多用《世说》为书名，却也有一处清楚地说到“近者宋临川王刘义庆著《世说新语》”云云；唐刘肃著《大唐新语》，该书的原名据作者在自序中提及为《大唐世说新语》，这明显是效仿《世说新语》的。

大概地推断，本书的原名可能是《世说新书》，但因其记名士谈论的内容最多，很快就有了《世说新语》的异名，同时又以《世说》为简称。而北宋末人汪藻所撰《世说叙录》言及北宋初各种本子皆题作《世说新语》，则表明此书名至北宋初已经开始成为通用名称，并最终成为定名。

不管刘义庆等人编撰之书原名为《世说新书》还是《世说新语》，从语法结构上说，“世说”应是书名的核心词，“新书”或“新语”则是对前者的修饰和限定。

古代以“说”命名的著作常常与“小说”有某种亲缘关系，如《汉书·艺文志》著录的十五家小说中，以“说”命名的即有《伊尹说》《鬻子说》《黄帝说》《封禅方说》《虞初周说》五种；韩非子的《内储说》《外储说》及《说林》多有寓言故事，汉代刘向所著《说苑》也完全是借遗闻轶事转入议论。“说”作为一种边界不很确定的文体，通常有论述某种道理的内容，但并不推重单纯的逻辑推理，而喜好借故事来达到“说”的目的。这一类“说”，即使具有浓厚的政治和道德意味，也包含了一定的文学因素；而政治和道德意味愈淡薄，则愈近于“小说”。

那么，《世说新语》书名中的“世说”两字，其字面意义应该是“世间众说”，亦即“关于人世生活的各种道理的解说”。当然这里的“解说”并不是抽象的论析，它是通过人物故事来呈现的。

余嘉锡先生注意到，在刘义庆之前，刘向已著有名为《世说》的书。《汉书·艺文志》儒家类著录“刘向所序六十七篇”，注云：“《新序》《说苑》《世说》《列女传颂图》也。”余氏认为，刘义庆《世说新书》之命名，实与之有关：

> 刘向校书之时，凡古书经向别加编次者，皆名“新书”，以别于旧本。故有《孙卿新书》《鼂氏新书》《贾谊新书》之名。……刘向《世说》虽亡，疑其体例亦如《新序》《说苑》上述春秋，下纪秦汉。义庆即用其体，托始汉初，以与向书相续，故即用向之例，名曰《世说新书》，以别于向之《世说》。

余先生的意见总体上说很值得重视，但有些地方推衍有过。刘义庆的《世说新书》固然很可能有仿照《世说》的用意，但说它“托始汉初，以与向书相续”，恐怕是将两者的关系拉得太紧了。此书在内容方面一个醒目的特点是集中叙述自东汉末至东晋的人物故事，而这一时段又并非随意截取，它自具一种明显的时代特色。虽然书中也有少数几条涉及这以前的历史，然殊为寥寥，似为无意间掺入之文，或为体例不甚严格的表现。总之，假令刘向《世说》的内容确如余氏推测是“下纪秦汉”（指秦汉之际），则刘义庆《世说新书》怎么也不能理解为是有意与之“相续”的。进一步说，刘义庆等人在其书名中特标“新书”二字，若说是为了与刘向之书相区别，自然情理可通，但其意义恐怕首先不在于此。在刘义庆那个时代，《世说新语》即《世说新书》的“新”是十分突出的，一方面书中许多人物的生活年代离编撰者并不很远，同时他们的形象和精神面貌亦与历来载籍所见者不同。所以，所谓“新书”，主要应该从书本身所体现的时代风貌与趣味之“新”来理解。

刘向的《世说》，一般认为已亡佚，但向宗鲁的研究结论则认为它就是今所传《说苑》，并非二书，《汉书·艺文志》注中的“说苑”二字系妄加（《说苑校证》）。这一问题此处暂且不论，但不管怎样，向宗鲁认为刘义庆《世说新语》的体例仿自《说苑》，乃是事实，将二者加以比较，仍可感受到《世说新语》即《世说新书》之为“新”。

《说苑》的情况，《四库全书总目提要》概括为“其书皆录遗闻轶事足为法戒之资者”，更简单说就是通过讲故事来寓教训。全书按二十门类编排：君道、臣术、建本、立节、贵德、复思、理政、尊贤、正谏、敬慎、善说、奉使、谋权、至公、指武、丛谈、杂言、辨物、修文、反质。粗看起来，《世说新语》同它确实非常相像：后者也是分若干门类“录遗闻轶事”，而且也以两字标目，有些门类又很相似，如“德行”与“贵德”,“政事”与“理政”等。但在这种相似之下，二者的不同也十分明显：《世说新语》虽然对所记人事不无褒贬，却并不以道德教训为最高目的；相应地，《世说新语》的三十六门中，具有政治和道德色彩的门类较少，而体现人物品格、性情与趣味的门类较多；同样原因，《世说新语》在记录遗闻轶事之后，不再附以作者的议论。关于《世说新语》门类的设定后面还将做进一步的分析，这里只是通过比照，说明它的一个特点：在著作模式上它是源于子书的，尤其接近儒家借故事以说理的类型，所以其关注人类社会生活的态度与前者仍然有相通之处。但另一方面，和《说苑》的经术化特征不同，《世说新语》的精神内核是玄学清谈，它的写作立场也由《说苑》式的道德教化转移到表现人性的丰富形态，这当然会使人耳目一新。

此外，前面我们说到《世说新语》是采辑旧文编理成书的，它的性质和特点当然会受到其前源文献的制约和影响。而这里非常值得强调的一点是，作为《世说新语》主要资料来源的三类著作，即逸事小说、杂史、杂传，都是魏晋时代新兴的著作类型，都具有相当浓厚的时代色彩。宋世去晋未远，从那些新型著作中采辑资料编撰成的书称为“世说新书”不也是很适宜的吗?

还有一个有趣的问题:《世说新语》所记都是历史上著名人物的故事，作为其主要资料来源的杂史和杂传在目录学上都是属于史部的，其书中的不少内容也被直接移录到《晋书》的人物传记里，为什么绝大多数学者还是将它视为“小说”呢？这就牵涉到《世说新语》与史籍的关系。

古代——至少唐传奇问世以前——所谓“小说”的概念，既不表示“有意识虚构”的意味，同时也并不严格要求真实可信。就像我们日常所谓“传说”，它有可能是真的，也有可能是假的。于是在小说和史之间就很容易形成一种边界模糊的交错地带。《世说新语》就生长于这种交错地带。要说它的小说特征，不仅仅表现在许多生动有趣的小故事不具史料价值，也无从考实，譬如郑玄家婢引《诗》之事，正如余嘉锡所言，“既不能悬断其子虚，亦何妨姑留为佳话”，更表现在它的某些态度恰与史家之立场相悖。如：其一，它哪怕是记述谢安这样的重要历史人物的事迹，也是关注其风采气度、人格魅力胜于关注其政治业绩。其二，当前源文献中某些源于史学传统的因素不利于文字表达的简洁明快，不利于描绘生动的人物形象时，通常会遭到编撰者的洗削。如《言语》篇之“满奋畏风”的故事源出《语林》，原文末尾有一句“或曰是吴质侍魏明帝坐”，这本是史家求信实而存异说的作风，在本书中却被毫不容情地删去了（关于《世说新语》如何站在文学的立场处理原始材料，刘强的博士论文《世说学引论》中有深入而充分的分析）。

但同时值得提醒的是，如果我们因此而认为《世说新语》只是“文学”而缺乏史学意义，那也是大错特错的。这不仅仅因为它的许多小故事与重要的历史背景相关联，可说是微波之下有巨流，更因为《世说新语》总体上有描绘出魏晋时代士族社会精神风貌的意图；它的故事或真或伪或无从辨其真伪，但这些故事能够反映出特定的历史氛围。所以《世说新语》虽具有小说的特点，却仍然带着史的色彩。

总之，结合子书和史书的传统，以人物故事为中心，用富于艺术性的语言反映一个特殊历史阶段中特定社会阶层的精神风貌，是《世说新语》显著的特点。它既非史书，又和普通意义上的小说有所不同。

《世说新语》共分三十六门，为了能够说明问题，我们且不避烦琐，将各门的名目抄录如下：德行、言语、政事、文学（以上为上卷）；方正、雅量、识鉴、赏誉、品藻、规箴、捷悟、夙惠、豪爽（以上为中卷）；容止、自新、企羡、伤逝、栖逸、贤媛、术解、巧艺、宠礼、任诞、简傲、排调、轻诋、假谲、黜免、俭啬、汰侈、忿狷、谗险、尤悔、纰漏、惑溺、仇隙（以上为下卷）。

《世说新语》门类的设定和全书的结构并不十分严格，有些研究者将全书三十六门解说为具有深意的体系，颇为迂曲。很明显的例证，是各门的分量极不均衡，像“赏誉”一门有一百五十六则，而“自新”一门仅有二则，殊不成比例。可以推测，在编纂之初，全书的门类并未严格确定，到了成书时，为了凑足三十六门（三十六是古人惯用的一个数字），才临时添加了“自新”一门或类似的数门。否则，将寥寥两则单立为一门实不可理解。而从故事的分类来看，也不见得是精心思考的结果，一则故事放在哪一门往往也只是大概合适就行，有不少则后人觉得归类不妥，认为换一个门类更相称。另外有一点需要说明：汪藻《世说叙录》提及，本书另有三十八篇、三十九篇的本子，但汪氏已明言多出者皆为后人所增；南宋绍兴八年董弅刻本跋语中还提及有一种四十五篇的本子，则显然是将原书重新分拆的结果。《世说新语》原本为三十六篇（门），应无可疑，日本所存唐写本残卷的形态也可以间接地说明这一点。

三十六门的排列顺序有什么讲究呢？大概说来，这里存在一种可以说是“价值递减”的趋势，即排列在前的门类褒义较明显，排列靠后的门类常带有贬义。如开头的德行、言语、政事、文学四门，即所谓“孔门四科”（《论语·先进》记孔门几位重要弟子各有所长，将诸人分隶于四科之下，后来遂有“孔门四科”之说），表明了对儒学传统的尊重。但这并不意味着《世说新语》是以儒学为内核的，实际上，不仅仅在其他门类中人物褒贬之尺度每有与儒家标准明显相违的情况，就是前四门中，这种情况也并不少见。而前面所谓

“价值递减”，也并不是一条严格的规则，像“惑溺”门列在倒数第二，但其中七则故事倒有五则是颇有趣味的，就是拿古人的标准看也不能算是关于“劣迹”的记载。这显示了编撰者较富于宽容性的态度。有人过分夸大《世说新语》的儒家立场，这完全不符合事实。

由于《世说新语》全书不以政治与道德为中心，不以寓教训为目的，对人物的褒贬也不持苛严的标准和冷峻的态度，人自身得以成为它的中心。人的更具有内在性的，因而也是更具有个性特点的东西，诸如品格、性情、趣味、智慧、素养乃至癖好和缺陷，得到了全面的关注。当然，《世说新语》所记录的只限于一个特殊社会阶层的生活情状，但在这个范围之内，编撰者终究是注意到了人性的丰富多彩，和它在多种意义上的合理性。研究者常常说到魏晋时代“人性觉醒”“个性解放”的现象，这在《世说新语》中是有充分反映的。至于对书中三十六门的设定，虽然后人可以提出许多批评意见，但值得注意的是它显示出对人的多视角的观察，在当时出现，不仅面目新鲜，《世说新语》也正是因此而显得趣味盎然，令人喜爱。

三、《世说新语》的注及传世版本

刘孝标的《世说新语注》和裴松之的《三国志注》、郦道元的《水经注》、李善的《文选注》并列为“四大古注”。

这些注不仅具有很高水准，而且由于它们所引用的古籍大量亡佚，其本身已成为重要的文献，所以价值并不低于原书。

刘孝标（462—521）名峻，以字行。他是南朝齐梁一位以博闻周览著称的学者，有“书淫”之目。刘氏在《世说新语注》中自叙己见时，言必称“臣”，可见此书系奉梁武帝敕旨所撰。余嘉锡《世说新语笺疏》根据其仕历情况，考证他作注的年代当为天监六年、七年（507—508）之间，这大概是不错的。其实在刘孝标之前，《世说新语》已有南齐人敬胤作注，但在刘注问世以后，敬胤注即湮没无闻（今仅存四十条残文），这也表明了刘注的权威地位。

作为一部记述历史上著名人物之言行的书，《世说新语》不是普通意义上的小说，它本身具有史料价值；而广采旧文编理成书的特点，使得它难免有疏漏、舛误之处。刘孝标是位严谨的学者，他主要是把《世说新语》作为一部历史著作来看待并为它作注的。

刘注征引之广博是一个引人注目的特点，叶德辉《世说新语注引用书目》序云：“凡得经史别传三百余种，诸子百家四十系种，别集二十余种，诗赋杂文七十余种，释道三十余种。”据此，刘注引书有近五百种。但刘孝标并非一味逞博，随意罗列材料，《世说新语注》同时还以体例严整、考订精审见长。除了注明出典、解释词语这一类最基本的注释工作外，刘注还在两个重要的方面花费了很大精力：一为补充史实，原书中一些因过于简单而显得突兀的人物故事，由于注的补充而变得背景明白、脉络清楚；一为纠正纰缪，原书中一些讹误的传闻，由于注的辨析而得到澄清。当然，如果是纯出于虚构的小说，就谈不上从史实上加以“补充”和“纠正”的问题。但《世说新语》的性质较为复杂，其价值也是多方面的，因而刘孝标《世说新语注》站在历史学者立场上所做的工作也是完全有必要的。还有一点需要说明的是，即使纯粹从文学的角度来看，刘注也有它不可忽视的价值，因为有些人物故事，注所引用的材料比原文更为生动，如《言语》篇中祢衡击鼓的故事就是显著的一例。

《隋书·经籍志》关于《世说新语》的著录云：“《世说》八卷，宋临川王刘义庆撰；《世说》十卷，刘孝标注。”由此可见，此书最初有注本与非注本两种版本。但在后来的流传过程中，显然是因为人们越来越意识到原文离不开注，不带刘孝标注的《世说新语》很快就消失了。

现存最早的唐写本《世说新语》残卷起于《规箴》第十，终于《豪爽》第十三，卷末题“世说新书卷第六”。这个本子虽说残存内容很有限，却仍然非常重要，它保存了刘注十卷本的版本形态。将残卷与今本相比较，又可以知道今本的分篇、各篇所包含的则数以及篇和则的次序应与古本相去不远，但刘孝标注已经过删削。这一珍贵的残卷由罗振玉于民国初年影印传布，新中国成立后国内多种影印本《世说新语》也都将它作为附录。

上面所谓“今本”指的是在宋代形成的一种三卷本，它是北宋初做过宰相的著名文士晏殊对以前的版本加以处理的结果。绍兴八年董弅刻本题跋云：“右《世说》三十六篇，世所传厘为十卷……后得晏元献公手自校本，尽去重复，其注亦小加翦截，最为善本。”晏本原本不传，但流传较早的几种南宋刻本均是出于这一版本。其中最为重要的为前面提及的绍兴八年董弅刻本，有原刻本藏于日本，国内有影印本；其次有宋孝宗淳熙十五年陆游刻本，原刻不存，但明嘉靖间吴郡袁尚之嘉趣堂重雕本大致保存了宋本的面貌，书分三卷，每卷又分上下，《四部丛刊》据以影印，故流播尤广；又有淳熙十六年湘中刻本，此本曾为清初徐乾学传是楼所藏，清人沈宝砚曾用此本与袁氏嘉趣堂本对校并作《校记》，但原本不知何故竟不知去向。至于其他各种后出版本甚为纷繁，无法一一涉及。王能宪《世说新语研究》一书于版本搜罗与考订方面用力甚勤，足资参考。

四、《世说新语》的思想与艺术价值

一部著作能够被称为经典，必须是在民族的文化史上具有特殊的并且是不可替代的价值，容载了丰富且具有重要意义的文化信息，并对民族文化的发展产生过不可忽视的影响。

《世说新语》是一部采辑旧文编理而成的书，内容又只是分门罗列篇幅短小的人物故事乃至名流的只言片语，它何以置于经典之列呢？简单地说，魏晋是中国历史上一个转折性的时代，社会的政治结构、思想文化、文学艺术在这一时代都发生了重要的变化，士族阶层则是魏晋社会的中坚，而《世说新语》一书正是通过汇辑各种有关文献资料并加以修饰整理，集中呈现了魏晋士人的精神面貌，从而反映了魏晋思想文化的基本特点。虽然它的内容分别而言大概都是以前就已经存在的，但是，不仅原来收录那些资料的书籍大多散佚，而且，如果不是经过编撰者有选择地博采群书重加整理，上述效果也并不能如此显明地体现出来。正是作为魏晋思想文化的集中载体、魏晋士人精神风貌的集中体现，《世说新语》具备了成为经典的条件。

另外需要补充一句：当我们谈论《世说新语》的价值时，是把刘孝标注包含在内的，因为刘注在征引各种资料对原书加以补证时，客观上也起到了与原书相同的作用。

士族势力的兴起和门阀制度的形成是一个历史过程，在此无法加以详细的描述。大概地说，士族是由地方性势力发展起来的贵族阶层，他们拥有厚实的经济基础、优越的文化资源，其所统驭的依附人口在必要时即可转化为独立的军事力量；士族成员通过入仕参与国家的政治活动并保护家族的权益，并由于条件的优越造成累世官宦的情形，同时士族的不同家族之间又通过婚姻关系相互联结，巩固和扩大他们作为一个特殊社会群体的力量。一般认为，曹丕建魏以后实行九品中正制标志了国家对士族特权的认可，同时也标志了门阀政治的成立，而最为典型的门阀政治则形成于东晋。在门阀政治时代，出现了一种过去没有过的皇权与士族权力平行存在、相互制衡的政治结构。皇权虽然在理论上仍被视为最高的权力、国家的象征，但事实上它并不能取消和超越士族的权力；在有的年代里，皇权实际上成为一种虚设的东西，对国家重大事务完全失去了控制。原因很简单：在其他情况下，官僚权力是由皇权派生的，士族权力则完全建立在自身力量的基础上。

当我们说“魏晋士人”这个概念时，并非专指士族阶层中的人，它的意思要模糊一些，范围也大很多。譬如“单门寒士”也是“士人”的一部分，他们在许多情形下和士族——又常常被称为“世家大族”——正好是对立的。但魏晋时代士族作为社会的中坚，他们的思想和趣味，必然会影响和支配整个“士人”群体。鲁迅认为从《语林》《郭子》到《世说新语》，这类“志人小说”的流行，与普通士人需要模仿高级士族的谈吐举止有很大关系，这是可信的。

在汉王朝趋向崩溃、士族势力不断成长、社会发生深刻变化的历史过程中，作为维护大一统政治的国家意识形态而存在的儒学也逐渐衰微。当然，儒学并没有从社会政治生活中退出，儒学的某些内容（如关于“礼”的探究）受重视的程度甚至超过前代。但它的独尊性的权威地位已不复存在，它的蒙蔽与愚化功能对士人思想的作用也消失殆尽。自东汉后期以来，在对儒家经典加以新的阐释的同时，老庄学说不断兴盛，佛教思想流布日广。所以魏晋成为自春秋战国以后又一个思想解放、异说并存的时代，因而也是思想史上创获尤其丰富的时代。《世说新语》虽然并不收录长篇大论，但它所记录的人物言行，生动地反映出这一时代上述重要特色。

《世说新语》常常被称为一部记录魏晋玄学清谈的书，这虽然不够全面，但也揭示了这部书的基本特点。所谓玄学，是一种会通儒道，进而又融合佛学的学说，流行于士族社会。它涉及的问题很多，但究其根本，可以说玄学具有浓重的形而上性质，它关注宇宙本体，追究物象背后的原理，并且经常对人类自身的思维规则及语言表达提出质疑；“玄”这个概念常常和虚、远、深、微妙等形容词相联系，而玄学即使在讨论具有现实政治背景的问题——如“名教与自然”——时，也喜欢从抽象原理的层面以逻辑论析的方式展开。所以，尽管自古以来指斥玄学不切实用者不乏其人，甚或加以“清谈误国”的罪名，它其实代表了古人对人与世界之关系的深入思考和思想方法上的重要进步。而《世说新语》不仅保存了许多魏晋玄学清谈的名目和若干重要内容，描述了清谈展开的具体场景和氛围，而且在更为广泛的范围内记录了魏晋士人经清谈风气熏陶而呈现的各种机智有趣的言论。

研究者普遍重视魏晋时代个体意识的觉醒，认为这一现象对中国思想文化的发展具有极其重要的意义。在中国的文化传统里，强调个人服从群体，强调社会伦理对个人意志和欲望的抑制，历来是占主导地位的意识。但人尽管必须结为群体谋求共同的生存，因而必须遵守一定的群体生活原则，在根本上又是一种只能以自我为中心的个体性的存在。“除了我，就不是我”，我们也许可以用这样的句子描述一个独立的精神主体与整个世界的对峙关系。因而，对个体意识的压抑乃至抹杀，势必造成人性的扭曲，和人的创造性才智的萎缩。从东汉中后期以来，社会的动乱，皇权地位的降低，国家意识的淡薄，士族社会身份的提高，都为士族文人的个体自觉提供了条件。从另一角度上说，这也是旧有文化传统内藏的不合理乃至荒谬性所引发的人性的反动。

所谓个性意识的自觉，从内在的底蕴来说，是强调以个人的体认为真理的标准，以一己之心定是非；从外在的表现来说，是处处要显示一己的独特之所在，纵使不能优越于他人，也要维持自具一格。殷浩答桓温：“我与我周旋久，宁作我！”便是此意。所以《世说新语》所记录的人物言行，每有标奇立异、惊世骇俗之事，而同于流俗，便恐为人所讥。就像是士大夫手持粉帛，行步顾影，在后世虽以为荒唐可笑，在当时却也是一种上流社会自我标榜的风尚。

中外一些研究者还把魏晋时代的思想文化与欧洲历史上的文艺复兴相比较，这里最令人感兴趣的是，两者都存在文学艺术的兴盛与个体自觉的强化相互关联、大致同步的现象。众所周知，魏晋被称为“文学自觉”的时代，音乐、绘画、书法乃至围棋，大致也都是在魏晋时代产生了质的变化并呈现前所未有的兴盛。为什么会有这样的关联呢？因为，虽然文学也可以用于宣传、教化，虽然音乐、绘画之类也可以作为富贵者日常玩赏的对象，但它真正的价值是个人才智与创造力的显示，是自我表现、自我宣泄的途径。在一个社会中，如果文学艺术的创造主要不是由作者自身的精神需求决定的，它也许会有技艺上的成就，而生命力和感染力却只能是有限的。而魏晋时代正是由于士人个体意识的强烈，导致他们对文学艺术热烈爱好，同时也引发了它的兴旺成长。在《世说新语》中，我们可以读到许多与文学、音乐、绘画、书法有关的优美的故事，譬如嵇康奏一曲《广陵散》，从容就死的记载。

总而言之，《世说新语》主要反映了东汉末和魏晋士族文人的精神风貌。如果我们说士族享有政治特权是不合理的，作为一种贵族文化的士族文化必然有很多缺陷，这当然没错。然而换一个视角来看，正因为士族是一个对国家、对皇权均少有依附性的特殊阶层，他们在历史上较早地体验了并以自己的方式应对了对人类而言具有普遍性的问题：个人尊严的价值，自由的必要，自由与尊严的代价，生命的虚无与美丽，等等。《世说新语》当然是一部内涵很丰富的书，全书各部分的价值取向也并不是严格统一的。但如果要求笔者以最简单的语言归纳其主要的精神价值所在，可以说它体现了魏晋时代士人对尊严、德行、智慧和美的理解与热爱。

在上面的论析中，我们强调了《世说新语》的时代特征。要说到这部古代小说的艺术，也完全和它的时代特征分不开。在魏晋时代的贵族社会里，一个高级人物最吸引人的地方是其优雅高贵的气质和风韵，所以《世说新语》对人物的关注也以此为中心。它描绘人物，多从细处着笔，却又往往托意深远，令读者在感到亲切的同时油然而生钦羡；汉末以来人物品藻之风盛行，而人物品藻往往是通过人物的比较来定高下辨是非的，所以《世说新语》描绘人物多用对比方法，借一方为另一方作衬托。从汉末清议到魏晋玄学清谈，言谈的机警、隽永和出人意料的趣味为世人所重，《世说新语》所记人物言谈，自然多妙言俊语，令人心旷神怡。因此种风气的影响，连带地在叙事写景时，书中文笔也以言约旨远为胜。这里没有必要对《世说新语》的艺术特点作条分缕析的交代，只是想通过以上几个要点，看出它基本的特征。玄学风气下一代人物的风韵情致，虽相隔千载，却历历可见，这就是《世说新语》在艺术上最大的成功。

《世说新语》作为魏晋南北朝志人小说的代表作，续仿者甚多。大约而言，唐代有刘肃《大唐新语》、王方庆《续世说新书》，宋代有王说《唐语林》、孔平仲《续世说》，明代有何良俊《何氏语林》、焦竑《类林》，清代有王晫《今世说》，至民国初尚有易宗夔作《新世说》，总共有数十种之多。这构成了一种著作类型，其特征就是以人物逸事为主要内容，性质介于小说与杂史之间。从文体上说，《世说新语》

也构成了一种独特的风格，它的简约玄澹、富于韵致，既讲究精练又不避口语的特点，有时被称为“世说体”，不仅对上述续仿之书深有影响，还影响到其他散文与小说的写作。

不过，正是由于《世说新语》具有强烈的时代特征，在社会发生进一步的变化之后，它特有的魅力已不可能被复制。所以尽管续仿之作甚多，却没有一种可以与之相提并论。

五、关于本书编撰的若干说明

本书是作为大学中文专业本科教材来编撰的，兼顾普通爱好者的阅读需要。它的篇幅、编排方式、难易程度，都首先考虑到教学的需要。

在过去中文系的古代文学作品选和文学史课程中，《世说新语》被涉及，因为它是所谓“志人小说”的代表。但是，当我们将它视为中国古代思想文化的一部具有经典意义的著作时，着眼点并不在“小说”甚至狭义的“文学”上。依托对这一文本的解读，从社会结构、政治变迁、思想演化、文人心态、艺术趣味等各方面去了解和体会魏晋的历史文化，并通过与前后时代的对照，寻求深入理解整个中国文化传统的途径，是更有价值也更有必要的学习方法——这也是笔者讲授这门课程和编写这本教材的立场。当然，“《世说新语》精读”是中文系的课程，但似乎也没有必要格外强调它的

“文学”意义；中文系的学生如果过于拘泥于“文学”，不仅会造成知识面的狭窄，其对文学的理解恐怕也会是浮浅的。

“原典精读”是以文本解读为基础的课程，循原书顺序选材讲解似乎是理所当然的事情。但若要以这样的模式来编一部书，非常困难。如前面所说，《世说新语》是由众多短小而大体各自独立的条目汇编而成的，其门类的设定和全书的结构并非精心思考的结果，在同一门类下各条的排列也没有严格的规则。因而，循原书顺序选材讲解，难免会成为零散而且常常出现前后重复的评点。更何况，当我们现在来解读这一部书时，不可能也没有必要完全按照编撰者的思路去理解它。所以，本书的编写不能不有所调整，它是围绕若干专题来展开的。各讲的先后虽也考虑到原书的编排顺序，但未必有严格的关系；引用的材料也不受原书分类和先后顺序的限定，需要时会把后面的材料提到前面来，便于相互阐发、相互对照；或者相反。现在的各种排印本大多为全部篇目标上了顺序号，本书在选列原文时仍注明各篇所属门类和原有编号，以便查对。

对刘孝标注，凡属围绕正文的语词、史实加以说明、补充者，本书必要时在讲解中加以引用而不再随正文列出。另有一种完整引录原始文献对正文进行补充、纠正的注，其价值与正文其实是相等的，所以本书有时也将它和正文一样单独列出，作为讲解有关问题所依据的材料。在这种情况下，注文原来针对的对象反而有可能被省略，这也是很正常的了。

《世说新语》虽是一部“小说”，趣味性也很强，却并不好读（包括刘注，情况也有相似之处）。就是在一些专门的研究著作中，我们也经常看到错误的解说。这一方面是由于语词、名物、制度方面的隔阂；另一方面则是由于《世说新语》的故事大抵都是一些简单的片段，它的背景往往很复杂，并且这些故事到底是虚构的产物还是史实的记录，往往也不清楚。本书如果凡需要注释和解说的地方都要照顾周全，将会变得十分累赘，文体也会显得很怪异。考虑的结果是，将主要精力用于文本的思想与文化内涵的阐释及艺术趣味的分析；为了突出中心，避免烦琐，不对原文字句一一加以解释，通常只是在必要情况下，在适当的地方对语词及名物之类加以说明。这样处理，是把一般的文字解释留给课堂了，而普通读者如果对本书感兴趣，则还须配备一种合用的注释本。

《世说新语》的结构较松散，文字生动活泼，论人说事的态度不固执一端，人称“简约玄澹，尔雅有韵”（明袁褧嘉趣堂本《世说新语序》），这是它受到古今读者广泛欢迎的重要原因。当我们从书中归纳出若干问题来解说时，很可能损伤了原书的玄妙与风趣。对此，笔者只能说“尽力而为”吧。

整套丛书统一的编撰体例，丛书总序已有说明，兹不赘。

（骆玉明《世说新语精读》，复旦大学出版社，2007 年）

《游金梦》序

《游金梦》的书名听起来有点玄，其实就是《西游记》《金瓶梅》《红楼梦》这三部古典小说的书名各取一字缀合而成。

当然也可以为之做一些解说：《西游记》的精神是游戏，照鲁迅的说法，它本是一部游戏性的小说。但“游戏”未必就意味着浅薄，一个有智慧有见识的小说家，用一种游戏的笔墨来写异想天开、神妙奇怪的故事，反而更显得目光灵敏，烛照分明。“金”在《金瓶梅》里面本来指潘金莲，借用来转指这部小说中无所不在的金钱的力量也是很顺当的。金钱令人着迷，令人神魂颠倒、意气飞扬，就是西门庆被大肆渲染的性能力，其实在很大程度上也是金钱力量的象征。肆滥的享乐却愈益衬托出死亡的苍凉。而《红楼梦》的作者曹雪芹，则是在人生失路的迷茫中，把追忆美丽的女子们曾有过的音容姿态作为人生最后的寄托。情未曾得到实现，却在文字的虚构空间转化为永恒。

游戏与幻想、金钱与欲望、爱情之梦，是三部小说核心的内容，合奏起来是激荡的生命乐章。在一般读者的人生经验中，也总是常与之相遇，为之忽欣欣而喜忽郁郁不乐吧。所以《游金梦》的书名也不妨说是有寓意的。

我在学校里讲中国文学史课程，经常会说到小说的一个重要功能，是对人性的审视和演示，也就是通过文字所建构的空间，通过文学人物生命中的悲欢，探究人到底是什么、可能是什么。中国古典小说的名著也有好多种，我最喜欢的就是本书中写到的三种，其余的像《三国演义》《水浒传》，从前也很喜欢，但总觉得没有这三种耐看，原因就是在审视和演示人性方面，这三种表现得最为丰富和深刻。《西游记》《金瓶梅》《红楼梦》，每一部在中国文学史上都具有里程碑的意义，每一部都通向新的天地，让读者在带着自身的情感与经验走入其中时，对人在这世间的生存，获得更多的体悟和理解。

近几年我在《瞭望东方周刊》上开设一个名目叫“秋水杂篇”的专栏，为此写了这些漫谈三部小说的随札。事先没有周详的计划，想到什么话题有趣就说什么话题。有时候一个题目写到半途觉得不好玩，就搁下了，再过些日子忽然找到可以说的路径，重新写起来。总之，文章要有点意思又读起来有趣，便是我写作的目标。

几年来，大抵每隔一周，周刊的编辑也是好朋友的黄琳就会发短信来催稿，通常我在周二或周三的一个夜晚把一篇写完。渐渐积起来可以成一本书了，老朋友贺圣遂又催着把它编理付印。没有他们两位，也就没有这本书。

（骆玉明《游金梦》，复旦大学出版社，2013 年）

无常中的意趣

——新版《游金梦》序

《游金梦》是读《西游记》《金瓶梅》《红楼梦》三部小说的随札的汇编，它形成的缘由，在原序里有说明，不必再费笔墨。这书问世以来，得到不少朋友的喜欢，这次人民文学出版社重加印行，于我而言当然是开心的事情。

重版的书，常规是应该有个新序，但好像又没有必须要说的话。那便闲聊罢，譬如中国古小说里描述最多的人生境况：轮回与无常。

《西游记》故事的结束，是取经小分队完成佛祖委派的任务，各自的人生也大获成功。八戒、沙僧大概还要努力求进步，孙悟空那是成了佛的，那就是从此摆脱生死轮回，获得“圆满”。

但是新近火爆的电子游戏《黑神话：悟空》，却又把猴子从天庭里拉出来，重回花果山，与神佛作对，与妖魔恶斗。这就是让孙悟空由“圆满”再度进入轮回。这当然是编造游戏的需要，而无意之间，却触及了《西游记》一个内在的矛盾。在《西游记》故事里,“天庭”代表着一种权力秩序，它可能不公正，荒诞可笑，而且因为没有生气而不好玩，却是必不可少的。孙悟空以一个反抗和破坏者的形象出现，那确实是痛快淋漓，可是那没有出路。“敢问路在何方”？改邪归正，顺服于权力秩序，完成佛祖所安排的伟大事业，那就是路。

如果你定要做另一种完全不同的假设，就是孙悟空造反成功——“皇帝轮流做，明年到我家”，则又如何？无非是再建一个权力秩序，它照样会不公正，荒诞可笑，因为没有生气而不好玩。那不过是另一种轮回。

所以《黑神话：悟空》也可以引申出深意来：且不要“圆满”，有得玩就玩一会儿。

轮回表明一个故事的结束，也表明另一个故事的开始。在轮回的过程中，前一个故事中的人物到下一个故事里需要变换角色和关系。中国的旧小说大多有一种习惯：用“轮回”来体现“报应”。前世作恶的人在来世会受到相应的惩罚，前世的亏欠到来世也必定要作出赔偿。所以，现实世界中的一切不公，如果以数世相加减来计算，会得到一个数字的平衡。王国维称这种平衡为“诗的正义”，它确实给挣扎在不幸中的人们以一种安慰。

《金瓶梅》的故事到了结束，请出一位普静禅师做收场，“荐拔幽魂，解释宿冤，绝去挂碍，各去超生”。就是把旧账都放去，各人重新演一段人生戏文。这一段写得很马虎，但全书固有的冷峻无情一直贯穿下来，到这里仍然让人震惊。西门庆欺男霸女，生前尽情享受，死后托生，是去东京富户沈通家做二儿子。他的商业规模，有可能比前世做得更宏大？孙雪娥是一个因愚蠢而活得极为凄惨的女人，她项上挂着自缢用的索子，得到的安排，是“往东京城外贫民姚家为女”。那就是说，她下辈子还得倒霉甚至更加倒霉。作者以这种胡乱编排陈述一个残酷的事实：这个世界的荒诞、不公与苦难，是永远也没有尽头的。当然，从积极的意义上，你也可以认为，这是对人类追求正义的意志的挑战。

近来关于欧美顶级上流社会的下流传闻很多，“萝莉岛”还没有说明白，又来了“吹牛老爹”，感觉西门庆他们是不是几番轮回，风流快活到大洋之西了？

《红楼梦》说人世无常，到了七十五、七十六回格外淋漓尽致。这是在抄检大观园之后，贾府的财力难以支撑，内斗却格外激烈，又传来作为贾府镜像的江南甄府被抄家的信息，这时迎来前八十回最后一场大聚会：中秋家宴。

家宴的核心人物是贾母。她自述从重孙媳妇做起，如今自己也有了重孙媳妇，前后累计是七代人。也就是说，老太太经历了贾府从兴起到繁盛再到衰退的全部历史。她见多识广，深知“繁华有憔悴”，一切都无可奈何。

那个晚上的家宴不再有往时的热闹。老太太不禁感慨道：“可见天下事总难十全。”说毕，不觉长叹一声，于是命人拿大杯来斟热酒喝。宋代文豪苏东坡的中秋词说："人有悲欢离合，月有阴晴圆缺，此事古难全。"老太太的伤感跟东坡是同一个调子。她这时要拿大杯喝酒，也是文人士大夫的做派。

中秋赏月时听笛的文字非常优美，我们直接来读一段原文吧："只听桂花阴里，呜呜咽咽，袅袅悠悠，又发出一缕笛音来，果真比先越发凄凉。大家都寂然而坐。夜静月明，且笛声悲怨，贾母年老带酒之人，听此声音，不免有触于心，禁不住堕下泪来。众人彼此都不禁有凄凉寂寞之意。"

中秋赏月，是写诗的好题目。但大观园的诗社却已经零落，只剩林黛玉和史湘云两人联句斗诗，她们写下了《红楼梦》里最美的一个对句："寒塘渡鹤影，冷月葬花魂。"史湘云的上联，写夜深时分，月光之下，一只鹤的影子孤零零飘过寒凉的水面；林黛玉的下联，说花已成泥，它曾经有过的美丽都已消失无踪，而它那纯洁的灵魂，融合在冷冷的月光中。

中国文学受佛教影响，多有人生无常的感伤。但其中却有一种特别的生机，就是表达无常之美；人在不可把握的命运中，把握生命中可能的美感。从王维的诗，到《红楼梦》，都因此而格外感人。

读书有各种乐趣，我这里就此说一点闲话，聊为新版之序。

《美丽古典》初版序

在这本小册子中选录了约七十篇大抵是久来为人们熟悉和喜爱的唐诗，加上简短的文字解说。用“美丽古典”来冠名，内容也许显单薄一些，但应该还相称。这些诗篇都是很美的。至于选录的作品几乎都是短篇，除了考虑长篇阅读起来过于劳神，不符合这本小册子编撰的初衷，也是因为唐诗中实以短篇最为精美。

一位日本朋友告诉我他母亲的故事：老太太很多年里每逢中秋都要独自在庭园里焚香拜月，后来美国人跑到月球上去了，她叹了口气，从此不再奉行这古旧的仪式。现代科技不断驱散人心中遥远的幻梦，而商业文明则培养了精明实在的计较来填充它。尤其是中国这十数年，社会在摇晃中重新分出穷富等级，人心越发显得慌张而急迫。是的，古典的飘逸散淡作为生活态度大概是再也不可能了。我无意夸张古典诗歌在现实生活中的价值，也素不以守卫传统文化为己任，只是从个人的经验来说，觉得在焦虑烦躁的时分，偶尔能回到诗意的心情也还是好的。生命很古老，它有可能与各种生存样态相通，并借此丰富自己。在一首古诗的意境里，你可以徜徉于草木，流连在云水，或者聆听边城苍凉的笛声，那一刻生命享有丰美的意趣，并且知道任何一种生存都只是与时空的偶然相遇。

唐诗鉴赏一类的书已出过很多，不过我写的文字大概不会和别人雷同，并非我有特别高明的见解，而且诗也并不依赖于解说。只是我对诗的意境以及语言如何去呈现它有更多的关注，而尽量避免琐碎、木拙的解释和夸张、滥情的引申，希望这些文字令人更容易体会到古诗固有的鲜活之气。这可以算与读者作一种读诗体会的交流，而对不怎么熟悉古诗表现手段的读者，或者也提供一些经验吧。

这本小册子的来由也是偶然。几年来因人情难却，应一些杂志、出版社之约断断续续写了些短浅的关于读诗的文字，渐积渐多。记得有些篇章发表于一家《中学生》杂志的时候，曾有读者来信告诫我要注意承担更为重大的文化责任，意思大概是作这等浅而琐小的文字不怎么合身份吧。这么说是因为对我的误解。不过写出的东西要让自己觉得还有点意思，让读者觉得还好看，也是费力气的。喜欢读的也有一些。复旦大学出版社的朋友认为可以汇编成册，于是在旧的之外又增添若干，大致梳理一下，形成现在的模样。需要声明的是，这里面有些是与他人合作发表过的（如顾伊君），此番略作修改收入，在此谨谢合作者的大度。出版社的孙晶小姐为将此书做得好看些，花了许多心思，也在此谢过。

（骆玉明《美丽古典》，复旦大学出版社，2002 年）

《美丽古典》重版序

《美丽古典》是多年前由复旦大学出版社印行的一本小书，脱销已久。有些读者喜欢它，或者摘抄到互联网上，或者放在微信圈里传播。《瞭望东方周刊》的老朋友黄琳坚持要把这本书拿去重版，怕我拖沓，就直接找到在图书策划与出版行业中颇有声名的尚红科兄商量，然后寄给我一纸出版合同，安排给我的任务是写一篇重版序。

说些什么呢？想起经常被人邀去讲古典诗歌，开场大抵会说一些今天我们为什么还需要读古诗的理由，说得最多的是，读古诗会让我们更喜欢自己。

细细想起来，人要很有把握地喜欢自己也是蛮难的。人性的根底、人生的现实没有那么美好，人们的欲望彼此冲突，相互窥测，暗中计较，生活因此变得紧张不安。这令我们看自己有时不那么愉快，庸俗，贪婪，虚饰，委琐，焦躁，凡此种种，常常会浮露出来给我们一个恶意的嘲笑。

而在诗歌这一由语言所构拟的空间里，我们有另外一种样态的生存。诗固然取材于生活，却更多地体现着人性中美好的向往、人情中美妙的趣味。简单地说，诗总是在追寻生命的完美的可能性，并以最精致的语言形态来呈现它。在诗的世界里，生命以优美的姿态自由地舒展。

有些学者试图为我们揭露一种事实：诗人并不像他们自我期待的那样高尚，陶渊明也好，李白也罢，都有庸俗的一面。这个我们知道。但陶渊明、李白是否有跟我们同样庸俗的地方并不重要，他们那种引导我们超越庸俗的艺术创造才是重要的。

读诗的时候，我们欣赏古人，也欣赏自己。我们在古诗中读出一种味道、一种感觉，这个味道是谁的呢？是李白、杜甫的吗？是的。但又不只是李白和杜甫的，也是你自己的。作者把他的人生情感和经验封存在语言形式中，这是创作的过程；读者把自己的人生情感和经验注入进去，去理解作者，又借作者来理解自己，是解读的过程。诗这时以属于你个人特有的形态被再度激活。

生命是现实的，当然有种种利益计较；生命也是诗意的，离不开奇妙的幻想。流连于诗的时光会多少洗刷我们心灵中的污渍，减少我们的虚伪与卑琐。因为你会意识到很多无趣无聊的窝囊其实是可以抛弃的，我们没有必要总是活在无趣无聊的窝囊中。

古人说“腹有诗书气自华”。“气自华”，不仅仅是为了让别人更喜欢自己，更是为了让自己喜欢自己、欣赏自己。

这就算是序了。我把原序也保留着，关于这本小书如何形成，在原序中有介绍。

（骆玉明《美丽古典》，江苏凤凰文艺出版社，2017 年）

《近二十年文化热点人物述评》序、后记

序

这书的标题名已经很显豁，但编著的用意，似乎仍应有些解说。

“近二十年”，当然不是随意划出一个时间段落来作为谈论的范围。自20世纪70年代末中国开始走上一条新的道路，至今差不多正好是二十年的时间。这二十年间中国土地上发生的种种事件，许多实情和究竟意义，恐怕要等许多年以后才看得清楚，说得明白。但生活于其中的我们，也已经不能不感受到社会各方面情形变化的剧烈、问题的繁重，以及因此而引起的争执的尖锐。历史在这二十年间似乎呈现出浓缩的状态，它给人心以强大的威压。

这情形的造成，大概有两方面的原因吧。

首先，整个20世纪，世界尤其是中国，都是处在急剧

变化的过程中。人们常说“地球变小了”，因为交通和通信手段的极大发展，压缩了时间，也压缩了空间。人类群体之间的利益冲突和经济文化交流，变得广泛而迅疾，不再有遥远的地域、悠然的过程。至于中国，从前的进程本是平缓而带着循环意味的，突然被推进一个陌生而总是同自己相为扞格的世界里，只觉得重波叠浪，扑面而来，一切不得不应对，却总是难以应付得自如。于是，面对欧美风雨，大门忽开忽闭，于是，“中学”“西学”“传统”“现代”，纷争无已。政权一再地更迭，眼看着真理亮起来又黯淡下去。

还有一个原因，是差不多二十年前，中国方才从一场噩梦中醒来。人们曾经被驱使着，却欢喜得手舞足蹈、疯疯癫癫，从庄严到滑稽。人们忽然发现，“翻天覆地”的革命虽然已经过去了数十年，历史上许多陈旧腐败的东西依然充塞于生活中，有待清理。人们一面为常识做艰苦的论辩，一面望着“世界潮流”那怪物倏忽变迁。时间拥挤成一堆，有人正讨论如何“走出中世纪”（朱维铮的书名），又有人已经在大谈“后现代”。语言也变得缭乱了，相差十岁二十岁的人，常常慨叹彼此之间“听不懂”。

俊男俏女的歌唱漫不经心，而每一分光阴仍是浓厚而沉重。

对近二十年中国思想文化的变迁，在报刊上多少可以看到些讨论。但我们如今尚“身在此山中”，描述它是困难的。

所以我们不妨把眼光转到与此相关而稍稍偏离的方向，转向这二十年间曾经受到社会——尤其是知识界——格外关注的人物。在这本书里，我们将要涉及的是：李泽厚、沈从文、巴金、周作人、张爱玲、陈寅恪、金庸、钱锺书、顾准。我们给这些人一个共用的称呼：文化热点人物。

这些人物放在一起也许不怎么和谐，于中有特别的好恶者更会觉得不伦不类。但社会中的人群本是五花八门，甚至一个人的念头也会朝秦暮楚，有点不和谐应是无碍的。我们选择的标准只是一个：他们在近二十年中都曾经成为社会文化的热点，且这种“热”有其深长的意味，并非如漂亮的明星唤起一时的哄闹。

这些人物“热”起来的原因也各不相同：有些是自己对社会做出了有力的发言，触及了中国所面临的重要问题，从而引发了社会的思考、争议；有些则自外于人群的喧哗，却终不能逃大众目光的追逐，譬如钱锺书大概是很厌烦“热”的，然而连他的这种厌烦都成了热点话题，这由不得自己。这些人物中有的并不生活在我们所说的“近二十年”的范围，有的更一度销声匿迹，但社会仍借着谈说他们，表达了对历史的反思和清理，令他们在现今的生活里发出光彩。总而言之，这些人物在这本书里是有双重意义的：一方面，他们大抵在中国的20世纪中走过漫长的路，又大抵是些智者，他们的人生各有异彩，他们的命运自成乐章，那本来是引人注目的；另一方面，人们关注名人终究是为了关注自己，是为了从中得到对所处生活环境的认识和在世间生活的资财，因而这些人物的“热”，又正是反映了近二十年中国社会中的人们对各种问题的兴趣，对这时代及其背后牵连着的历史的探究。而这本书编著的目的，对后者更偏重些。

除了前面列出的这些人，是不是再没有合适的对象了呢？当然不是。譬如我们首先可以想到的，就有鲁迅和胡适。不过，胡适虽说在近二十年重新得到关注，但似乎还未能构成一个社会性的热点。至于鲁迅，其实一直都是“热”的，只是在不同的年代人们谈论他的原因、态度有所不同。也许与此有关，尽管近二十年对鲁迅的研究有显著变化，但那似乎主要发生在专业人士的圈子里。况且，鲁迅和胡适真是过于庞大，暂且不说也罢。

这书的内容，大量的还是资料选编。不过，对资料的取舍，有前面所说的比较明确的宗旨。而这宗旨又考虑到反映社会文化状态，当然要兼容不同意见。但单纯的赞美和偏颇的指斥，便不加采用。再有，本书所涉人物的资料往往为数甚巨，而一本书的篇幅是有限的，只能尽量挑出在编著者看起来最有意思的一小部分；偶尔不得已，也对原文做个别段落的删节。同时，为了使全书有较为系统的面目，又专为所涉及的人物各写了一篇述评，对他们作为“热点人物”出现的大概过程、他们受社会关注的原因以及其中包含的意味，做些必要的说明。当然，对这些人物本身，也有出于一己之见的议论。书中涉及的人物都很有名，且不乏以其品格和智慧受到社会普遍尊重者，小子何物，敢妄加评说呢？但想到世间没有道理的事情正多，也就暂且放肆着吧。

有人说，中国人是缺乏思想的。这话题太大，一下子也没法说，但至少在过去很长的年代里，思想——这里说的是基于独立的观察和独立的思考而产生的具有批判力量的思想，曾经极为艰难。因为操纵的力量专横而强大，思想的代价又极为惨重——我们将要涉及的人物中，有几位的命运对此做出了说明。那么，如今是如何的呢？近二十年中确实有过思想的解放，有过无数激烈的争议，也出现了多元化的趋势。但眼前，思想正在悄然消退，不仅是权力的作用，经济和金钱的强光也使它日益显得黯淡。而自“五四”新文化运动以来，自鲁迅、胡适他们以来，曾被提出的众多有关中国的问题，仍旧浮置着。是的，我们还可以听到一些固执的声音，但那也渐渐成为几位书生在长夜的书案上的自言自语。

编著这本《近二十年文化热点人物述评》，也想借着这些人物（他们大多离我们已远），借二十年来围绕他们的谈论，多少引发一点思想。

最后说明一点：笔者的文字涉及众多值得尊重的人物，照理应该加上“先生”一类的敬称，但这样几乎满纸都是先生了，或者不加比较简便。所以，除了个别的例外情况，都直呼其名了，但这并没有不尊重的意思。

后记

把一本书编写完了，再来作后记，犹如到朋友家聊天，说完了，告别了，还站在门口唠叨几句。

这本书的选题是复旦大学出版社贺圣遂先提出的。圣遂是我的老友，他的“指示”我通常不能拒绝。开始想到的方法是，邀些朋友就选出的人物各作一篇长篇述评，集合成书。但实行起来很困难，一则不容易找到那么多合适的作者，大家都忙；一则恐怕各人一部鼓吹，弄不成调子。于是还是决定我自己来做，方法就改作以选文为主，只是对每一对象写一篇不太长的文字，以便看上去显得完整些，必要的补充、交代也可夹杂在里面。编选过程中，我的另一位朋友——以前是学生——陆焕峰君帮了许多忙，是应该感激的。

本来想在这书上署个假名。因为牵涉的都是名人，说话又不尽是恭维，怕人觉得这是借名人以取誉，而我自己以为默默无闻的日子好过。但又怕许多话说得不妥，用了假名像是有意逃避责任，想想也就一人做事一人当吧。好在，至少从编选一面来说，还是用过心思和力气的，选入的大抵是名家的卓有见识的文章，不至全然对不起买书的人。

这书谈的是“近二十年文化热点人物”，但他们实际生活的年代都很长，从他们身上，自然会想到20世纪中国知识分子，或者说文化人的命运。20世纪对中国知识分子来说，真是不寻常的。那就是从古代跨出，与世界合流，智慧相激发，文化大混融，人生的可能变得丰富，思想的天地变得广阔。然而，在背后，那土地上的苦难，那历史中的负担，又是怎样的深重？牵绊着人永不能自如，而时时有滔滔黑浪，横袭而来。一个年代一个年代你数吧，有多少读书人身心安然的日子？写顾准的文章，无不用两个词：苦难与思想。然而真的这两者天然相伴？还只是在中国的这一世纪里如此？

谁有心思，真应该为20世纪中国文化人的命运和他们的精神生活写一部历史。

但好在也走过来了。“世纪”本来什么也不能说明，我以前听人说中国要在2000年实现“四化”，只觉得那是一个数字巫术。但历史的变化偶合于纪年的单元，或许也有可能。那么，我们便祈愿着未来是好的，21世纪，除了颂扬祖先威灵，文化人将有机会在平稳的土地上从事宏大的创造。

（骆玉明《近二十年文化热点人物述评》，
复旦大学出版社，2001年）

《闻道长安似弈棋》前言

英国的名人、哲学家罗素写过一本《权力论》。在他看来，在人的各种无限欲望中，权力欲是最强烈和最根本的欲望。因而在社会科学范围内，“权力”是基本的概念，犹如在物理学中“能”是基本概念一样。而“只有认识到爱好权力是社会事务中重要活动的起因，才能正确地解释历史——无论是古代的还是近代的历史”。

在这本小书中，笔者无意对权力学说展开研究。不过，从罗素的理论中得出这样的看法离事实大概不是很远：没有什么东西能够像权力一样，令人感到最大的满足，引起人的最强烈的激情与兴奋。因为通过权力可以获取的利益是那么丰富：权力不仅天然地标志着地位与荣誉，有力地保障了拥有者之意志自由的实现，并且，它也是掠取财富与异性的最为可靠的凭据。很多年前，我在《新民晚报》上写过一篇短文，指出把“霸王别姬”理解为一个缠绵的爱情故事实在颇为滑稽：当自命不凡的项羽面临失败之际，他最大的担忧乃是自己心爱的女人将会被那个乡巴佬刘邦占有，成为胜利者不断细细品尝胜利的美味。所以他要问："虞兮虞兮奈若何"——你叫我拿你怎么办?

即使现代的政治斗争，它的发动有着复杂的理由和辉煌的解说，但倘若没有权力分配所引起的无所不在的紧张，它也绝不可能展现为何等波澜壮阔、光怪陆离的情形。"文革"初林彪就明确地说过："这次要罢一批人的官，升一批人的官，保一批人的官，组织上要有一个全面的调整。"主义和原则当然也是要说的，但哪里比得上权力转移那么激动人心!

罗素还认为：人的权力欲普遍存在，只不过在有些人身上它是隐含的，表现为心甘情愿地追随一个领袖，并感到他的胜利就是他们自己的胜利；在领袖式人物的身上，则直接表现为要求支配他人等。而如果说占有财富、享受物质的欲望可能会有止境，权力欲却是无厌的、无限的，"假如可能的话，人人都想成为上帝：少数人还不容易承认这是不可能的事情"。相比于这种普遍而又无限的欲望，作为资源的权力，会显得多么珍贵和稀缺!

权力如何形成，又以怎样的方式分配和转移?这真是"说来话长"。最简略而言，在不同人类群体之间，它是暴力征服的结果；而在同一集团内部，则要经过远为复杂的斗争。所以，至少就古代而言，权力几乎天然地与阴谋共生，并且天然地包含破坏道德的邪恶能量。古希腊神话在这方面有着象征意味浓厚的描写：众神之神宙斯的父亲克洛诺斯杀死了自己的父亲之后才夺得主神的地位，他与瑞亚结婚，因为担心自己将来也被儿子推翻，就把他和瑞亚生下的孩子一一吞下肚去。当瑞亚生下宙斯时，她决心保护这个小生命，遂用布裹住一块石头谎称这是新生的婴儿，克洛诺斯将石头一口吞下肚里，宙斯于是躲过一劫，后来靠妻子、智慧之神墨提斯的帮助，打败并杀死父亲，占取主神之位。但宙斯也面临同样的问题。他最后想出一个彻底的办法：使用诡计欺骗墨提斯，把她吞下肚，从此将世间最完美的诡计集于一身，就不再有人能够危害他。

就像战争的需要动员了人类最伟大的创造力，围绕权力的阴谋是充满智慧的，如果不计算权力游戏所带来的破坏，这种阴谋真可以算是人类智慧所结出的最为瑰异的花朵。波谲云诡，人心惟危，有人闲庭信步，翻云覆雨，占尽先机，岂不令人惊心动魄！

权力，甚至围绕权力的阴谋，简单地指为“罪恶”是没有意义的。人类需要组织社会、维持秩序、实现公共目标，离不开权力的运作。就拿最原始的“社会”现象作例子，猴群中必定有一只强有力的雄猴成为猴王，它在食物和异性两方面享有最高的优先权，并支配猴群的一切公共活动，但这对维护猴群的生存与繁衍，却是不可缺少的。而人类起初的集体生活，恐怕不比猴子们高明多少。

但人类终究是一天天成长起来的，对权力之利与害的认识也越来越看得明白。前些年美军管理下的监狱中发生严重的虐囚事件，舆论为之哗然。加州大学圣克鲁斯分校的一位心理学教授为此做了一项实验：研究人员在该校心理学大楼的地下室里修建了一个模拟监狱，学生自愿分成两组，分别充当看守和囚犯，以研究监狱看守和囚犯之间的行为。但原来定为两个星期的实验不得不在六天后就停止了，因为“看守”们很快就变成欺辱人的虐待狂，“囚犯”没有办法忍受下去。人性在权力的腐蚀下，竟是如此脆弱！

英国赫赫有名的伦敦塔的旅游资料，读起来也饶有兴味。

伦敦塔紧靠泰晤士河北岸，是一座具有九百多年历史的诺曼底式的城堡建筑群，内中既有富丽堂皇的宫殿，也有监狱、教堂、刑场。历史上无数权力斗争、宫廷阴谋就在这里展开，许多失败的王公贵族在这里遭到囚禁，乃至被残杀，其中最为显贵者，有英王爱德华四世的两个幼子、爱德华之前的国王及堂兄与弟弟、亨利八世的两个王后。在很长一段时间里，伦敦塔成为令人毛骨悚然的“死狱”。

如今伦敦塔是外来游人必到之处。他们在这里既可以看到古老的监狱，了解历史上一幕又一幕血雨腥风的悲剧；也可以看到珍宝馆中展出的令人目眩的王室珍宝，如镶嵌有三千颗宝石的“帝国王冠”，象征着最高王权的“权杖”，上面镶嵌的“非洲之星”钻石重达五百三十克拉，而巨大的屏幕上则滚动播放着当今女王伊丽莎白二世豪华的登基盛典。

参观结束处电子屏上有一道问题：在看完这些反叛者的悲惨遭遇后，你还会选择造反吗？选择“会”的占百分之九十——尽管只是游戏，但你还是能感觉到：在人心深处，权力的诱惑远大于死亡的威胁。

所以，如何限制权力成为现代政治学的重大课题，罗素写《权力论》的最终目的也在于此。而前些年卸任的美国总统布什宣称自己是“站在笼子里”对人民演讲，同样为了强调现代民主政治的成就。

编写这样一本谈历史的书，要说特别深刻的用意也没有，一个简单的念头是，让读者借此了解中国历史的一个侧面。中国古代长期实行一种高度集权的专制制度，导致围绕最高权力的斗争格外激烈。二十四史的记载中，每逢以暴力改朝换代，便有尸骨成山，那是不用说的了。但这毕竟不是频繁发生的事情。围绕权力分配的斗争，更多地发生于同一统治集团的上层。君臣相斫，父子相残，兄弟相戮，乃至夫妇相夺，可谓不绝于史。要说权力是对人性、对人类社会生活的最强烈的腐蚀剂，在这本书里可以得到充分的验证。而由于专制政治是一种神秘的政治，在这种政治结构中围绕权力的斗争永远充满阴谋。觊觎更高权力的人不得不小心翼翼、善自掩饰，以求一逞；而占据上阶权位的人，则必须处心积虑，力求洞察一切。正是这种围绕权力的斗争，造成了历史中常见的戏剧性和紧张感，造成许多古代政治人物的神经质。总之，说“阴谋”并不是在说历史上的奇怪现象，它有很深的根底。而另外一层兴趣，则是关注政治阴谋中智慧的运用。我们当然可以说，只要规以“正道”，所谓“阴谋”也有借鉴作用云云。但我觉得未必需要这种漂亮的掩饰。道义的一面另作别论，权力游戏所要求的胆识、决断和高度智慧，本身就体现着令人惊叹的生命力量，它有欣赏的价值。

关于这本小书的写法，大略说来，主旨是既考虑到阅读上的趣味性，又考虑到史实方面的可靠性。因此从选择的史料来说，在牵涉到相关历史事件的重大环节时，一般只用正史或比较严谨可信的史籍中的材料，在无关紧要的地方，才采用野史笔记之类。书中有不少故事细节的描写，这类细节有的是见于史籍记载的，有的纯为虚构，而虚构的部分如果牵涉到历史事件的关节问题，也写得比较谨慎。总而言之，这部小书虽然故事性较强，却并不是按照历史演义的模式来写的。

当然，任何一种历史叙事都与作者自身的思考有关，我也不否认书中对许多问题的看法是较为个人化的。譬如在写太平天国的那一节中，我提出农民造反政权在其所处的历史条件下，原本就不具有不同于正统王朝的“质”，所以根本谈不上变质不变质的问题；这种政权如果能够按照历史所提供的既有模式成长，就会成为改朝换代的力量，否则只有中途崩溃。这一种看法当时似乎没有人提出过，后来有些论太平天国的著述观点或与之相近，却未见得会有许多人赞同。但只要我的那些想法、议论能引起读者的兴趣，我就觉得很满足了。

这书写在十多年以前，现在读起来当然是不满意的，如能完全重写，相信面貌会有较多变化。但实在没有时间与精力做大的修改，倘有错失，希望读者给予指正。另外，我觉得原书还有一点好处，是现在不能做到的，就是当时写得非常快，动起笔来一天就是六七千字，基本上不修改，因此语气相当流畅。这对自己，也算保留一个纪念吧，如今是一天抄六七千字的东西也感到很累了。

（骆玉明《闻道长安似弈棋》，鹭江出版社，2017 年）

《老庄随谈》引言

《老庄随谈》一书最初是由香港中华书局印行的，现在已经不大容易找见。照例应该专门为新版写一篇引言，但近期忙乱不堪，老是拖延着。恰巧前些日子在外面做了一个关于道家思想的讲座，开头一部分是讲道家（主要指老、庄）与儒家（主要指孔、孟）在中国传统文化中的对立和互补的关系，一位朋友将录音整理成文字，我把这份讲稿清理了一下，觉得作为本书的引言也还合适。下面就是讲稿的内容。

关于道家思想，我想先说一个概述性质的话题，就是在中国传统文化中道家思想和儒家思想的一种既存在对立又具有互补作用的关系，能够在一种大的局面上将两者放在一起观察。当然，这难免有粗略的毛病，但相信还是有些用处的。

首先我想绕远一点，就“传统文化”这个概念说几句。现在不少人喜欢讲中国的传统文化，有时候听起来很奇怪，好像非要退回到老祖宗那里去才好，有的人你弄不清楚他是要做教主还是要做骗子。我以为谈传统文化，有几个要点是应该注意的：第一，中国的传统文化有着很丰富的结构，它不是一种单一的东西。传统文化不能说它只是指儒家文化，它是由各种各样的成分组成的。即使讲儒家思想，它也包含着很多成分，儒家思想也不仅仅是那种为统治阶级服务的属于官方意识形态的东西。孔夫子自己也没有做成功过什么官。我觉得这个意识是很重要的。第二，传统文化不是一个一成不变的东西，它是不断变化的。中国历史几千年，不可能有一种思想从头到尾一成不变，一直占据着中国人的头脑，一直都很管用。所谓“传统”，固然有延续的表现，但它同时也是跟随着社会结构、社会的政治与经济的活动方式、人们的生活方式的变化而不断变化的。总是有新的思想文化出现，加入到传统中去。第三，就是当我们讲到传统文化的时候，要注意到那里面哪些内容是真正有活力的。中国文化中有些东西是非常活跃的，大致说来那是一种富于创造力的东西，一种激发人不断向前走的因素，也有一些东西是比较陈旧和死板的，是对人的思想起到禁锢作用的因素。富于活力和创造性的因素，让人活得开心而不是憋屈，传统中的这种力量最终和中国人走向现代的趋势是一致的，因而它是最值得关注的。

中国传统文化中影响最大、地位最高的就是老庄思想和孔孟思想，比较晚一点，又有佛教的思想传进来，那么就是儒、道、释三家，三教九流。要说老庄和孔孟也是各成一个系统，每一家的内容也很丰富，我们能不能用一些简明的方法对它们加以阐释呢？魏晋时代有一组对立的概念，分别指老庄思想和孔孟思想，就是“有”和“无”这对概念。儒家的思想用“有”来概括，而道家思想用“无”来概括。玄学家有时会讲得复杂一些，比如王弼认为“圣人”即孔子虽然只是讲“有”，却以“无”为本；老庄虽是讲“无”，却也并不是不知道“有”的价值。这样说是要把老庄和孔孟混融起来，各取其所长。但这也不妨碍我们将“有”和“无”视为孔孟与老庄思想各自的主要特征。我们以这样一组概念来对比，便于将这两种思想加以简要的区分和对照。这是一个相对简单的方法。

孔孟思想称之为“有”，是说它是一种为社会确立秩序和价值的学说，它的作用表现在通过明确的秩序和价值使社会进入一种稳定的状态，人的行为有明确的规范可以遵守。没有规矩不成方圆，规矩和方圆明明白白，所以它是“有”。老庄思想之所以称为“无”，因为它不相信人所订立的秩序和价值能够稳定地存续，能够使人生活得更好。因为这是人为地从外面强加给人的东西，它不自然，不符合天地的本性，也不符合人的本性。而世界的本质是一个虚无，它是不确定的，富于变化和具有无限可能性的。

进一步，我们以孔子和老子最有名的几句格言来说“有”和“无”，就可以说得更加清楚。还是先说“有”。大家知道孔子有一个很重要的思想就是“正名”说，所以儒教又被称为“名教”或者“礼教”。孔子有个学生叫子路，子路是个勇士，只比孔子小六岁，为人粗莽，对孔子不是很买账，孔子有时候也对他很恼火。有一次子路问孔子，说：“你不要老是说人家不用你，如果有人请你执政，你说你首要的方针是什么？”于是孔子就说：“必也，正名乎（如果是那样，那就是正名了）。”子路就说：“你真迂腐啊，管理国家怎么就弄到正名去了呢？”孔子就很不高兴，教训他不要不懂装懂，然后说了一番“名不正则言不顺，言不顺则事不成”的大道理。正名思想在孔子那里还有一种更加具体的表达，就是我们很熟悉的“君君臣臣父父子子”。这句话的语法结构在古汉语里叫作使动用法，“君君”，第一个君是动词，第二个君是名词，君君就是使君成为君，其余类推。如果大家觉得这句话离我们现在太远的话，可以再举一个现在日常所说的例子，比如说做老师的有时候会教训学生：“做学生要像一个学生。”做老板的有时候也会教训员工：“你做员工就要像一个员工。”当我们在说这种话时，其实和孔子的想法是一样的，可以替换来做分析。“做一个学生要像一个学生”，前面这个“学生”指的是某个具体的人，其身份为学生，后面一个“学生”则是关于学生的理念；“做一个学生要像一个学生”，就是说要使事实符合理念。“君君臣臣”之类，也是如此。

要使事实符合于理念，这个就叫“正名”。往这个方向推开去，就会发现这是一件不得了的事情。我们给世间万物命名，这不仅仅是用一个声音或文字做符号来代替一个事物，比如用“杯子”这个声音来指代用来喝水的那种实物，不是那么简单。命名的行为意义乃是我们通过给万物命名确立了世界的秩序和价值。比如说，我们使用国家、社会、集体、个人、自由、民主等一系列的名称，这些名称无不体现着理念，体现着秩序即事物的合理关系，体现着价值并由此判断行为的当与不当。说到底，名的世界就是一个理念化的世界，它要求实存事物依照它的规则运行。

那么，谁都可以通过命名行为给出世界的秩序和价值吗？当然不是。就说“父父子子”，当老子的要求“做儿子要像一个儿子”，儿子反驳：“凭什么你说像才算像？”老子当然要教训他：“是我养活你，是我挣钱供你上学，所以我说了才算！”一个门房要给整个公司定规矩，可以吗？我倒是想为国家制定大政方针，并且把它写进宪法，但结果恐怕要被人送进什么医院去，所以宣布放弃。这话回过头想也是一个很深的道理：有权力为世界命名并阐释这个“名”的人，给出了世界的秩序和价值。

我在举例的时候好像把事情扯得太远了，我当然还要说明历史上的“名教”有其特定的内容，不是一切命名行为都可以叫作“名教”。但在说明“正名”思想其实就是企图依照理念来塑造世界的面貌这一点上，拉开来说也是不违背逻辑的。

但是名教思想从一开始就包含着一个非常大的危机，就是说，世界并不是按照理念来变化的，世界不会永远安顿在人给出的秩序与价值体系中不动。尽管自认为发现了真理的人不会承认他的“真理”只是在有限的时空范围内成立和有效，特别是那种跟现实政治、跟统治力量的利益结合在一起的学说，总是喜欢宣称自己已经给出了最合理的乃至是永恒的秩序和价值，但世界仍然要变化。这会导致什么样的现象呢？名的世界会崩溃，一个理念的世界会崩溃。这种变化最根本的原因就是社会结构发生了很大的变化。两汉是以皇权为中心的时代，而两汉的儒家学说是为这种政治体制服务的。而到了魏晋以后，一个新的社会阶层起来了，那就是历史上被称为“士族”的一个贵族阶层。士族的特点就是它的权力不是来自皇权，而是来自其自身的力量。士族拥有很强大的政治、经济、军事力量，最终造成了士族权力与皇权并存和相互制衡的状态，极端情况下皇帝甚至只是一种象征，没有什么事情可以干。那么原来的一套意识形态就显得很不适宜了，它的种种荒诞可笑之处统统暴露无遗。我想说一句听起来很绕的话：荒诞之为荒诞，不是因为它本来就是荒诞的，荒诞是因为它与变化了的现实不相称才显得荒诞。

然后我们回过头来看老庄的“无”，也是用《老子》里面的一句话做代表，那是开头的第一句：“道可道，非常道；名可名，非常名。”这是非常有名的一句话。老庄思想和孔孟思想根本上的不同，在于老庄认为世界的本质是一个“无”。这个“无”不是什么都没有、空空如也的意思，而是说作为宇宙本源，同时也代表了根本真理的“道”，是无形无迹的，是不具有任何规定性的，是变化无穷和具有无限可能性的。老子又说：“人法地，地法天，天法道，道法自然。”一切事物都有效法的对象，最后指向“道”，而“道”则无所效法，它以自身为法则。“道可道”，第一个“道”是名词，第二个“道”是动词，言说的意思。世界的本体、根源和根本真理，这个道是可以言说的，但一旦言说，它就“非常道”，不是原来的那个永恒的大道了——它被语言限制。这话说得有点玄妙，但也很有意思。就是说我们总要去言说那个世界的“本质的东西”，人类总是要寻找世界的根本真理，并且依据它来建立自己的价值系统。你不说也不行啊，不说何以知“道”？但是它不能被限定在任何一种状态当中，所以老子说“非常道”。这句话可以简单地概括为“人不可能一次性地穷尽真理，人永远没有能力把真理解说完毕”，所以只能是永远地试图接近它。然后说“名可名”，名称可以用来指称实存的事物，但是“非常名”，名称和事物并不永远结合在一起，就是说被指称的那个事物和你使用的名称以及它所内含的理念不是可以互替的。我们称作“社会主义”的事物，就不再是开始命名时的那个样子了。邓小平曾提出一个“不争论”的意见，实在是大有意味。你死守那个“名”又有何用？社会是要变化要发展的。那么老子这句话给人的一个最大的启发在哪里呢？就是说你不能用理念的、名称的一套东西来代替世界本身。

庄子和老子是很不一样的，庄子更是站在一个批判的立场上，站在更彻底地否定人所建立的统治秩序和与之联系的价值观的立场上。老子讲“无为而治”，但是“无为而治”也是就一种合理的政治社会秩序而言的。而在庄子那里，他对治不治没有很大兴趣，他关心的是个人如何能够在昏乱的社会中保全自己，并达到一种超越的精神自由。所以他对社会统治力量虚伪的一面看得更透彻，抨击得也更加厉害。比如他提出来世间争论不休的是是非非，其实都是由于人们站在各自不同的利益立场上各执己见造成的，“此亦一是非，彼亦一是非”“各是其所是，各非其所非”，站在超越的立场上，根本就没那个是非。在一定的前提条件下，这种话确实很有智慧，读《庄子》常常使人们意识到生命有可能是何等荒谬。

我们这样大概一看，就知道老庄的很多东西是站在孔孟的反面的，老庄思想对孔孟思想有一种瓦解的作用，但是这种瓦解是必要的。如果说中国文化传统里只有孔孟思想没有老庄思想，那么偏执地依着固定的理念去强制变化的世界的情况会更严重。要不然，就是古人说的“死于名下”，现实世界已经变化了，“名”的世界已经崩溃了，你还抱着它不放，以为陈旧的理念比鲜活的人生更重要，那真是滑稽而可悲。

老庄经常说的“自然”，也可以做这样一种理解：在人为秩序和价值观约束下的生活是不自然的，所以任何时候都可以返回自然，返回到命名之前的世界。既然最早的起点是一个“0”，是自然，那么人也可以从自然之中重新出发。

那么，我们怎么来看待前面所说的互补关系呢?

老庄思想通常在社会动荡、原有价值观被怀疑而趋于崩溃的时候影响力特别大。东汉末年特别是魏晋时代老庄盛行，它给士人的精神以一种大解脱。我们读魏晋时代的东西，觉得和中国其他时代的东西是不一样的，用我的老师朱东润先生的话说，那个年头是君不像君，臣不像臣，老子不像老子，儿子不像儿子，人人都想凸显一个不同于他人的自我，乱七八糟，鲜灵活泼。《世说新语》里记载，西晋高等士族王浑和他的同样出身名门的夫人钟氏在庭院里聊天，他们的儿子走过来了，王浑得意地夸儿子出色，可他老婆却说：“要是我和你弟弟生个儿子，会比他还要强呢！”钟氏大约内心对小叔子有好感，但那样说当然只是开玩笑，并不表明她要做什么。可是清朝人李慈铭读到这个故事，惊讶得不得了，觉得一个贵妇人怎么可能说出这样下流无耻的话来。

但老庄思想的毛病在于它没有很强的建构作用，庄子尤其如此。它在瓦解之后，不能给出一套有效的秩序和价值。世界的秩序和价值是永远有必要的，从社会来说，没有秩序和价值它根本就无法存在；从个人来说，没有价值就意味着人生是没有意义的，而没有意义的人生是人无力承担的，它没有着落，四望荒凉。魏晋时代曾经出现过一种景象，我把它叫作“名的世界崩溃以后的自由狂欢”。既然世界的本质是虚无，人生可贵的是自然，为何不放任自己呢？也是《世说新语》的故事，说“竹林七贤”里面的阮咸那一帮人在一起喝酒，儒家传统里喝酒是非常讲究礼仪的，他们完全不顾，就把酒缸放在院子里，围着酒缸舀酒喝，有的连衣服也不穿。一群猪闻着酒香过来了，把头伸进缸里喝酒（那是米酒），大家觉得这多么自然啊，也都学了猪的样子。这多么豪迈又多么放诞！但是在放诞过去以后呢？生命背后是那彻骨的悲凉！

为什么说儒家思想在中国几千年都可以成为主导思想呢？因为它是“有”，正常的社会只可能在“有”的状态下存在。当然，它不能恢复到瓦解之前的老一套。儒家思想也是变化的，在瓦解之后，崩溃之后，它以一种新的面貌来适应社会的变化，重建价值和秩序。魏晋玄学就已经努力把“有”和“无”融汇在一起，把“自然”和“名教”相结合，后来又有新的变化，就不再往下说了。中国传统文化为什么到晚期越来越缺少活力，这个我一下子说不明白，但是有一点，中国社会至少到宋元时还是很有活力的。就到这里吧。

注：在本书中，大体前半部分以谈《老子》为主，有时兼及《庄子》；后半部分，以谈《庄子》为主，有时兼及《老子》。对原文的处理，有时直接引录，加简单的括注，或在行文中解释，有时则译写成白话，视情形而定，而不求体例的统一。

明中叶江南才士诗

——《纵放悲歌》总论

本书谈论的对象为明中叶江南才士诗，这是从时代、地域、人群三方面划出的一个范围。不过，明中叶的江南地区，究竟出现了什么情况？所谓“才士”，又是何等样人呢？却须在欣赏他们的诗之前，先行加以探讨。

明中叶的江南城市，工商业之发达，经济、文化之繁荣，远远超过了以往的时代，以及同时代其他地区。唐寅有《阊门即事》诗，写苏州阊门景象，那是非常热闹：

世间乐土是吴中，中有阊门更擅雄。翠袖三千楼上下，黄金百万水西东。五更市买何曾绝，四远方言总不同。若使画师描作画，画师应道画难工。

工商业发展起来以后，许多变化就跟着来了。本来，中国是一个以官僚为中心的等级社会。但是，商人聚集财富，往往比做官还要快，发了财，就难免摆阔气、撑门面，弄得派头比官老爷还要大。而且，金钱还直接侵蚀了国家的权力。像《金瓶梅》里所写的西门庆，就是个大商人，他凭着万贯家财，从县衙门直打到太师府，一些低级官吏简直成了他的奴仆。这样，贵贱之分，难免有些混淆，井然有序的社会结构，也被搞得混乱起来。

金钱大量集中在城市里，就要有花钱的场所。于是，商铺、妓院、赌场、酒楼、茶肆，纷纷建立，流光溢彩，在这里煽起奢靡放纵的风气。当然不会只是有钱的商人在这里享受，官员、士绅乃至普通的市民，同样受到奢靡风气的浸染。这样，又造成对传统思想的破坏。

中国素称“礼义之邦”。讲究礼义当然不错，但须知礼义并不是抽象的东西。在旧礼义中，包含着这样一些重要内容：一是教人服从，服从社会的思想权威，服从国家的政治权威，以及女子服从男性，小辈服从长辈；二是教人以安于贫困，切不可贪图富贵，追求享乐；三是教人把道德教条看得比性命还要高。特别是宋代的程朱理学，把这一套发展到极端。程颐说，女子“饿死事小，失节事大”；朱熹说，要“存天理，灭人欲”。明代立国以后，就以程朱理学作为社会的统治思想。

其实，追求生命欲望的满足，追求个人的自由发展，原本是人类社会中最根本、最活跃的动力。制定这样的“礼义”，其实质就是为了抑制人的欲望，抹杀个人的价值，防止因为利益竞争而产生动荡，以便维护社会统治秩序。至于统治集团本身，嘴上说的，自己并不照着做。这样，道德就变成虚伪的东西，人性在虚伪道德的压迫下，呈现扭曲的状态。而随着城市商品经济的不断发展，人们对物质的追求日益增长，必然对陈旧的道德教条提出疑问：为什么与生俱来的情欲、物欲成了莫大罪过？为什么个人没有自己的思想权利乃至生活权利？为什么可以做的事情不可以说？

这些怀疑在一般民众中还只是直觉，在知识阶层中就成为理论的推究，由此形成新的社会思潮。这种新思潮的代表，起初是明中叶兴起于浙江，后来蔓延到全国的王阳明的“心学”，特别是王学的激进派如王畿等人的学说；到了明代晚期，再由充满异端色彩的李贽推向最高潮，后来随着李贽的被害而走向低落。其基本的内容，就是要求承认个人的尊严，尊重人的情感，肯定人的欲望，推倒禁锢人性的假道学。如果放到世界范围来看，明中后期正是西洋的文艺复兴时代，这种新思潮同文艺复兴确实有若干相似的地方。

明中叶时，江南城市在全国来说，经济最发达，思想最活跃，文学艺术也最早表现出新的趋势。其主要代表，就是人们通常称之为“才士”或“才子”的一批文士，最有名的是苏州的祝允明（号枝山）、唐寅（字伯虎）、文徵明（号衡山），以及绍兴的徐渭（字文长）。前三人是同时代的，又是好友，活动的时间略早，徐渭则是在他们死后才开始自己的文艺生涯。徐渭之后，就是晚明文学的兴起了。他们四人的诗，就是本书的主要谈论对象。当然，所谓“江南才士”不止于这几位，但笔者希望稍微集中讨论，以呈现出各人的基本面貌。

说起这几位文士，人们很容易想起许多传说故事，诸如祝枝山题对联、唐伯虎点秋香、徐文长断案之类，都是很有趣的。但那是民间的创作，故事中的人物同真实的历史人物，并不是一回事。只是，老百姓把他们编到自己的故事里，改造成自己喜欢的模样，却又同他们本来的个性、行为有关系。后文在需要和方便的时候，将会谈到两者之间的关系。

这一群江南才士，具有什么样的共同点，可以构成一个群体呢？

首先，当然是因为他们都很有才华。这几位不仅是著名的文学家，而且在其他领域都有出色的成就。祝、文、徐都是书法名家；唐、徐是绘画史上开一代风气的人物；徐渭的戏曲，代表了明代戏曲史的重大转折，祝允明对此也相当有造诣。

他们的成就，不仅出于天赋，也出于思想的敏锐。祝允明跟王阳明（守仁）是同时代人，他并没有直接受到王学的影响，却是明代最早公开反对程朱理学的人物之一。他的《祝子罪知录》，具有明显的异端倾向。徐渭与王学激进派王畿有密切交往，他的许多文章，对旧的道德传统展开了有力抨击。唐寅、文徵明虽不曾写下专门的论著，却有共同的思想倾向。他们在社会发生深刻变化的时代，首先参与了这一过程，是时代的先行者。文学艺术正反映着他们对新的人生的追求。

特立杰出之士，常不能为俗世庸众所容。这四人在政治上都是不顺利的。祝允明、文徵明晚年做过短时期的小官，均因不能适应而退出了，其余二人则未入仕途。由于人生道路的蹭蹬不平，亦由于思想、性格的不合，他们常常与周围环境发生冲突。文徵明的为人比较温和，但也只是不外露而已，祝、唐、徐三人，均是狂傲不羁之士。他们以强烈的个性精神，与社会势力对抗，追求自由的生活，甚至有意蔑视社会生活的规范。因此，以常人的眼光看来，他们都有些畸形变态。例如，徐渭临终前给自己编的年谱，就叫作《畸谱》。

然而，在明中叶社会新思潮兴起的同时，旧势力仍然非常强大。愈是个性特异、才华出众的人，愈容易感受到环境的压迫，好像处处是墙，生命总不能自由舒展。而且，整个明代，包括最激进的李贽在内，也没有出现从根本上否定旧制度、提出全新的社会设想的思想家，没有人看到完全不同于现状的前景。因而，不但社会中存在新旧的对立，先行者个人的灵魂里，也存在这样的对立。他们好像蚕蛹已经蜕化成蛾子，却面对结得过于厚实、无法咬破的蚕茧，兴奋、焦躁，而又绝望。由此，悲哀之情，自然由心而生，并涌发为文艺层面上的波澜。

回到本书的主题：纵放与悲哀之歌。“纵放”是诗人自傲自负的性格和自由精神的显现，“悲哀”则是在社会的压抑和自我的矛盾中怅惘失路的产物。当然，这两者并不能包括他们诗歌的全部，在以后的各篇中，也将谈及更广泛的内容，不会受到主题的限制。但是，可以说这是一个显著的特征，因而也是恰当的谈论中心。